ENCYCLIQUE

DE

L'AMOUR.

C.

L'Encyclique de l'Amour se vend chez les principaux libraires de la France et de l'Etranger,

Chez Monsieur BERTRAND, imprimeur-libraire, rue de la Rôtisserie 12,

Et chez Mademoiselle Lucie BÉLUGOU, même rue de la Rôtisserie, 21, à Béziers, (Hérault).

Première édition   Prix Fr. 3, 50
Deuxième édition, édition de luxe   «   « 5
Troisième édition, édition princière «   « 10

ENCYCLIQUE DE L'AMOUR

LE FRUIT PERMIS

ALLÉGORIE

PAR

LUCIE BÉLUGOU

La base de l'édifice est large :
Il ne saurait s'élever trop haut.
Paroles prononcées le 16 avril 1865 par NAPOLÉON III.

L'opulence est dans les mœurs, et non pas dans les richesses.
MONTESQUIEU.

Tout mouvement moral annonce plus d'un progrès et toute grève morale plus d'une décadence dans tous les ordres d'idées, même économiques et dans tous les ordres de faits, même industriels.
Lucie BÉLUGOU.

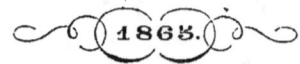

1865.

Béziers, Imp. C. BERTRAND.

1865

TABLE DES MATIÈRES

de

L'ENCYCLIQUE DE L'AMOUR

A CEUX QUI TRAVAILLENT ET A CEUX QUI POSSÈDENT

Il importe de réduire l'écart trop large entre le luxe et la misère, entre le profit et le salaire. Pas de misère imméritée, si c'est possible, et ce sera possible si, ceux qui possèdent étant pénétrés de la grande loi économique précitée, ceux qui travaillent se pénètrent à leur tour de cette grande loi morale : il est nécessaire d'amoindrir l'écart trop considérable entre l'ignorance et la science, entre la morale et les mœurs publiques. Que ceux-ci comprennent que, sous le régime du principe électif, sous l'empire du suffrage universel qui remet en réalité la puissance et la propriété aux mains du plus grand nombre, c'est-à-dire en leurs mains, tout est à tous, l'universalité des choses relève et dépend de l'universalité des électeurs; qu'il ne manque plus, si j'ose dire, aux masses, aux foules que la possession de ce qui leur appartient virtuellement et que, pour elles, savoir ce serait posséder; que l'instruction est un capital; l'intelligence, le premier des outils; et l'école, le plus puissant des ateliers.

Que ceux-là entendent bien cette belle parole du martyr de St-Hélène : *Respect au fardeau!* et embrassent avec amour ce zèle pieux, ce culte pour les classes laborieuses qui fit sa force, sa popularité, sa gloire et rendit impuissante la ceinture de mers que le cœur ému des rois irrités avait établie contre le bouillonnement européen de ses immenses conceptions, bouillonnement qui dure encore.

J'appartiens à l'école gouvernementale de ceux qui considèrent cette devise politique et sociale: *Laborando, sapiendo,* comme bonne; qui pensent que pour bien gouverner il suffit de faire beaucoup travailler simultanément dans l'ordre moral, intellectuel, industriel et commercial; que le labeur le mieux entendu et le plus étendu, celui de la main, de la tête et du cœur constitue le producteur par excellence et que tout, au double point de vue de l'économie politique et de l'économie sociale, tout absolument est dans les produits et dans les producteurs ; que le travail pris dans la plus large et la plus belle acception du mot, pour nous faire jouir de la plénitude de ses bienfaits, de ses bénédictions, a constamment besoin d'un aiguillon et que cet aiguillon, dont il ne faut jamais émousser la pointe, est sa juste rémunération.

Je dis, en conséquence, à ceux qui possèdent et à ceux qui travaillent : il y a trois choses funestes que n'ont pu supprimer ni la réglementation en France, ni la liberté en Angleterre et que vous pouvez, que vous devez supprimer vous mêmes, dans votre intérêt commun, non moins que dans celui de la grandeur morale, politique, industrielle et commerciale de votre pays : ce sont la grève des ateliers, celle des cœurs et celle des intelligences. Il vous faut par des efforts, fût-ce même par des sacrifices réciproques, anéantir la jachère dans les âmes comme dans les champs, en vous mêmes aussi bien qu'autour de vous.

Ce ne sera certes pas trop — Et veuille Dieu que ce soit assez ! — Et de votre commune énergie et de vos mutuelles concessions, pour tenir tête à la consommation qui vous déborde et à la corruption qui vous menace.

Ramener la production, qui est beaucoup trop en arrière, près de sa sœur, la consommation qui a pris sur elle beaucoup trop d'avance, c'est, de nos jours, la grande affaire du monde industriel.

Ramener l'âme à l'idée de justice, telle que Dieu l'a faite, relever les mœurs publiques et celles de la famille, c'est, en ce siècle, le grand problème du monde intellectuel et moral.

Pour résoudre ce problème et pour évacuer cette affaire, il n'y aura jamais trop d'instruction, jamais trop d'éducation, jamais trop de labeur dans aucun pays, ni dans aucun monde.

Que la main de chaque peuple s'ouvre donc toute grande pour ces trois premiers besoins de tout peuple : le travail, l'instruction et l'éducation.

Il n'y a dans les grèves industrielles, intellectuelles ou morales et dans leur spectacle désolant que de grandes leçons. Elles ne sont bonnes qu'à établir, inébranlable au milieu de leurs ruines, cette vérité mieux patente peut-être à notre époque qu'à aucune autre : toute grève, dont la manifestation se fait dans le monde industriel, procède en ligne directe d'une autre grève plus néfaste qui l'a précédée et engendrée dans l'ordre intellectuel ou moral. Les grèves ne servent qu'à exposer en pleine lumière les vices et les dangers du monopole, les avantages de la liberté de l'industrie, correctif naturel, contre-poids nécessaire et corollaire obligé de celle du travail, assez ingénieuse pour amortir les périls et pallier les inconvénients de ces grandes associations privilégiées et centralisées qui ont à leur service, mais n'ont pas toujours sous leurs ordres une armée indisciplinée, tout un peuple d'employés, sans être néanmoins assez forte pour guérir, encore moins pour prévenir les maux que ne manquent pas de produire ces copies incomplètes des administrations publiques. Les grèves prouvent qu'il y a quelque chose au-dessus de la liberté du travail, au-dessus même de la liberté de l'industrie, en manifestant avec éclat l'inanité ou l'inefficacité, en certaines matières, et spécialement en cette matière, de toute loi économique ou politique, l'impuissance ou l'insuffisance de la règlementation, de la liberté même, la suprématie des idées morales, la nécessité absolue de se livrer à leur culture, seule capable de désarmer de redoutables problèmes, et le besoin, plus impérieux ou mieux accusé en ce siècle qu'en tout autre, de se délivrer, de se régénérer, de se fortifier dans leur culte vivifiant et libérateur par excellence. Du spectacle et de l'étude des grèves ressort enfin dans tout son relief cette conséquence dernière et suprême : la réforme morale, fécondant toutes les autres et les transformant en de sérieux, en de véritables progrès, est la seule qui, nouvelle Judith, libératrice de l'Europe moderne, comme l'ancienne Judith le fut de la Bethulie, puisse rendre la liberté à sa servante, la seule qui, nouveau Messie, soit capable de rétablir l'harmonie dans la société, la seule que voudrait et que devrait présenter aux générations contemporaines et transmettre aux générations futures un Platon chrétien, un Confucius européen.

De deux choses l'une : ou bien il faut moraliser le suffrage universel, c'est-à-dire le fortifier par l'instruction, par l'éducation, et dans l'école et dans le monde, faire suivre le droit de voter par la capacité intellectuelle et morale de voter qui même, dans

la pensée de plus d'un esprit sérieux, aurait dû précéder l'extension de ce droit à la généralité des citoyens, ou bien il faut
l'abolir. Et puisqu'on ne veut, ni ne peut le détruire, il est
nécessaire de l'éclairer, il est indispensable de le moraliser.

Du haut d'un trône, celui des esprits, Voltaire a dit à l'homme :
sois éclairé, tu seras libre ; d'autres sur le trône des empereurs ou
dans les conseils des peuples lui ont dit à leur tour : sois logique, tu seras juste : sois juste, tu seras libre. Mais aucun siècle
ne s'était avisé, avant le nôtre, de lui dire : sois libre, tu seras
juste, logique, éclairé.

Le nombre *seul* n'a pas le droit ; et c'est assez pour qu'il n'ait
pas la durée, inséparable du droit ; et c'est encore assez pour qu'il
soit retenu dans l'instabilité, inséparable de la force. Il est d'une
haute, d'une suprême importance de compléter, de couronner la
force par la puissance et le nombre par le poids des suffrages. Or
les seules choses qui soient capables de donner aux suffrages de
tous le pouvoir et le poids, la capacité et la moralité qui leur
manquent dans une certaine mesure, ce sont l'instruction, l'éducation et la moralisation de tous. ·

Voilà les premiers besoins du siècle. Sont-ce bien là ses véritables tendances ? J'incline plutôt à croire qu'il va tout droit au
contraire et que les plus hautes puissances civilisatrices le poussent
tour-à-tour, parfois ensemble, dans cette direction regrettable.

L'idée religieuse divorce avec l'idée libérale, absolument comme
si la civilisation chrétienne n'était pas née le jour où l'Église
embrassa la cause de tous les peuples et n'avait pas été conçue
au moment même où l'évangile prit en main la cause de tous
les hommes. En rompant à son tour avec la pensée religieuse,
la pensée philosophique ne songe pas assez que les diverses
sectes de philosophie chez les anciens qui portèrent si haut l'art
et la civilisation de la Grèce et de Rome, pouvaient être considérées,
selon la judicieuse remarque de Montesquieu, comme des espèces
de religions ; et oublie imprudemment aux dépens combinés de sa
force et de sa fortune, de son mérite et de sa gloire, que la
plus belle de ces philosophies, celle de Platon, simultanément
religieuse et morale, doit principalement sinon exclusivement à ce
double caractère le puissant empire qu'elle exerce dans tous les
temps sur les âmes d'élite, y comprise même la grande âme d'un

St-Augustin. L'idée politique des gouvernants et l'idée politique des gouvernés, plus ou moins conservatrices, plus ou moins démocratiques, contredisent tantôt à l'idée morale et tantôt à l'idée religieuse, faute de se demander s'il est possible de rencontrer dans l'histoire universelle soit une nation libre et corrompue, soit un peuple moral et asservi et si, en l'absence de tout spectacle de ce genre, la servitude politique ne se montre pas inséparable de la corruption morale et la liberté de la vertu, faute de reconnaître enfin que la doctrine du cardinal de Retz excluant l'honnêteté de la politique et celle peu différente du prince de Schwartzenberg qui en bannissait la reconnaissance ont été cruellement démenties, l'une par la France, l'autre par la Russie.

Sur d'autres grands, sur d'autres beaux domaines, n'y-a-t-il pas plus d'une fois lutte ouverte ou hostilité sourde, guerre déclarée ou trève armée, d'une part entre l'idée scientifique et religieuse, d'autre part entre l'idée artistique et morale ? Sauf quelques exceptions remarquables en de puissantes individualités, l'art contemporain ne semble-t-il pas avoir intégralement ou partiellement désappris que dans la mine du bien se trouve le plus riche filon du beau, dans la plus haute expression morale la plus haute expression poétique, que Corneille, pour ne citer qu'un seul exemple, n'atteignit le comble de la grandeur tragique qu'en s'élevant au comble de la grandeur morale, le seul lieu où il pût trouver ces mémoires secrets qu'on l'accuse spirituellement d'avoir possédé sur tous les grands hommes ; et, à vouloir multiplier les exemples, que nos maîtres, les véritables fondateurs de la puissance morale de la France, lui donnèrent pour base ces mêmes principes? Les artistes de ce siècle estiment rarement à sa juste valeur la précieuse observation de Descartes, qui reconnut et signala dans les meilleurs des écrivains les meilleurs des hommes. Quant à la science, est-elle toujours disposée à convenir autrement que du bout des lèvres des grandes et éternelles vérités morales ?

L'Église fulmine contre la philosophie, la démocratie, la politique, la science, la poésie qui, ensemble ou tour-à-tour, sont entrées en lutte, en conflit avec elle et la guerre des esprits, la pire de toutes, étend ses ravages pendant que la Civilisation perd ou compromet ses conquêtes. Les puissances civilisatrices de tout ordre méconnaissant à l'envi ce divin précepte : « tout royaume divisé et armé contre lui même périra », le désordre est dans les rangs de la grande armée, celle de la Civilisation, dont les imprudents soldats tirent sur ses alliés, si ce n'est même sur ses propres troupes. Au lieu d'imiter ces tours dont parle Bossuet qui refermaient elles-mêmes leurs brèches, la société contemporaine joue l'apologue factieux de Menenius AGRIPPA ; et à notre époque plus qu'à toute autre, il importe de démontrer la nécessité de l'association des membres et de l'estomac.

Étonnez-vous donc, naïfs, que l'ordre moral soit altéré dans les ateliers ! L'altération morale qui s'est reproduite à la fin dans les derniers ateliers de l'industrie descend en droite ligne de celle qui s'est produite dès longtemps déjà dans les premiers ateliers de la Civilisation : dans la religion, dans la philosophie, dans la politique, l'art et la science.

Rendez à ces sources sociales leur pureté primitive et vous la retrouverez à leur commune embouchure qui n'est autre que la civilisation.

Alors seulement vous fermerez l'ère des grèves de tout ordre, en ouvrant toute grande celle de la régénération sociale. Mais jusqu'au retour si désirable de cette phase, la plus mémorable de toutes dans la vie des nations, ne nourrissez pas une confiance illusoire dans les efforts impuissants que vous pourriez tenter en d'autres voies. N'attendez la cessation définitive des grèves, ni de la répression, ni de la compression, ni de la réglementation, ni même de la liberté.

Que la France entière et tous les peuples disent comme le journal la France : (Voir *la France* du 26 juin 1865 au sujet des *publications morales*.) « Veillons à l'alimentation morale, moralisons « le peuple en l'éclairant. Mais ce n'est pas là une œuvre de « répression, c'est une œuvre de dévouement ». Oui, c'est une œuvre de dévouement, comme toutes les grandes œuvres, œuvre de propagande des idées saines, des traditions pures, des inspirations élevées, joignant à l'efficacité des leçons et des publications morales, à la puissance de l'école et du livre celle plus grande encore des hauts et bons exemples donnés par ceux qui, comme intelligence, comme fortune, comme position sociale, sont la tête ou les membres de la société, à ceux qui représentent les extrémités du corps social, par la partie dirigeante à la masse dirigée, par le petit nombre qui possède et commande au grand nombre qui travaille et obéit.

La loi morale, qui éclaire tout homme venant au monde, est comme le *fiat lux* de la plupart des problèmes sociaux, y compris celui des grèves. Pourquoi cela? Il en est de grandes raisons:

De toutes les lois c'est la plus sûre d'être aimée pour elle-même ; elle porte sa garantie avec elle, car elle tient en main dans tous les devoirs les gages de toutes ses promesses, répond ainsi de tous les membres de la communauté et constitue par là l'assurance sociale à la fois la meilleure, la plus économique et la plus étendue, assurance de sentimens préférable à celle des intérêts. Aussi doit-on redire d'elle ce que Rivarol a dit de la discipline : « Elle pèse comme bouclier plutôt que comme joug » . Qui le croirait ? dit Montesquieu : « la vertu même a besoin de limites » . Il faut bien croire davantage, car la vertu seule à une limite, ce qui n'est certes pas le moindre de ses mérites. Par contre, la liberté n'en a point, ce qui n'est certes pas le moindre de ses défauts ; et, comme elle ne saurait maintenir son empire sans le borner, car tout principe se ruine par son exagération, faut-il bien qu'elle cherche une limite hors d'elle-même. *Elle ne la trouvera jamais que dans le monde moral qui seul la possède*, qui, capable de se limiter, de répondre des autres, et, par conséquent, de se suffire à lui-même, est donc la puissance civilisatrice par excellence, celle qu'aucune autre ne supplée, qui complète toutes les autres et fait d'incessants efforts pour rapprocher leurs bases, quand elles s'épuisent en efforts imprudents pour les distancer au risque d'ébranler la société et de compromettre la Civilisation.

De ce faible dans la liberté, de cette force dans la morale, il résulte qu'elles se veulent, s'entendent et se donnent la main. La moralité procure seule « la plus grande liberté dans la plus grande « sociabilité » ; la liberté se complète par la morale et la morale se complaît dans la liberté. « L'amour de la patrie conduit à la « bonté des mœurs et la bonté des mœurs mène à l'amour de « la patrie », a dit en de meilleurs termes Montesquieu, génie essentiellement modéré, éminemment modérateur, auquel on ne saurait trop souvent revenir en matière politique.

Si grande qu'elle soit à tous les autres points de vue, la France, au point de vue politique, ne s'est pas encore montrée digne du triple honneur d'avoir été la patrie de Montesquieu, le royaume d'un Charlemagne, l'empire d'un Napoléon III, d'avoir eu trois fois avec eux, par une bonne fortune enviée de tous les peuples, la modération sur le trône ou dans les conseils et de voir à ses portes, chez une nation alliée, sur un trône voisin, au-delà des alpes la liberté toute prête à passer en deçà, sans avoir le courage de dire : plus d'alpes, après avoir osé dire : plus de pyrénées. Puisse ce noble pays qui a bien été capable de produire un Montesquieu, ce ferme et lumineux esprit, si profond, si original et si lucide, cette opulente imagination lestée par un admirable bon sens, être tout aussi capable de l'imiter, de suivre son bon exemple, ses sages, ses belles leçons, ses hardiesses réglées et ne pas démentir pour la première fois, en résistant d'une ou d'autre part à son influence simultanément et profondément politique et morale, la croyance générale et invétérée du genre humain dans la mission providentielle et la puissance civilisatrice des hommes de génie !

Quand un seul plus d'une fois a suffi pour faire tout le génie d'un peuple : témoins Moïse et Lycurgue, pourraient-ils, à eux trois, être insuffisants à former le génie politique de la France? Elle saura leur répondre et se compléter, couronner sa grandeur militaire par sa grandeur morale et sa grandeur morale par sa grandeur civique, porter chez elle l'homme à la hauteur du soldat, le citoyen au niveau de l'homme et prouver ainsi une fois de plus que les hommes de génie, fils légitimes des nations, la moelle de leurs os, le sang de leurs veines, n'ont jamais perdu la puissance de purifier, de régénérer et ce sang et cette moelle.

Si l'Encyclique de l'Amour trouvait dans une capricieuse faveur de la fortune ou dans quelque arrangement inespéré du sort, surtout dans le sujet plutôt que dans l'auteur, l'heureux pouvoir de replacer à leur rang les vérités supérieures que je viens d'indiquer et de vous encourager, ou de vous soutenir, ou de vous exciter à la poursuite des résultats si désirables de leur application, ma vie désolée aurait une joie: celle de n'avoir ni perdu son temps, ni mal employé sa peine et de n'avoir stérilisé ni votre effort ni le sien.

AUX DAMES

Ce n'est pas seulement en France, pays chevaleresque par excellence, c'est dans tous les états chrétiens que, assimilant la femme au peuple, on a dit d'elle comme de lui : *cc que femme veut Dieu le veut*. Si les femmes voulaint la liberté et l'égalité, il faudrait bien que les gouvernements, rendant hommage à ce proverbe suzerain, les voulussent aussi.

Qu'elles s'en éprennent médiocrement, je le conçois : elles aiment mieux régner par l'esprit ou le cœur, par la beauté ou la grâce que courber leur front de reines sous le niveau de l'égalité. Ce qui est modération dans un homme étant incontinence dans une femme, suivant la judicieuse remarque de Rivarol, elles peuvent, elles doivent se passer de plus d'une de vos libertés.

Mais ni comme filles, ni comme mères, ni comme amantes, ni comme épouses, elles ne sauraient, ni ne doivent et encore moins veulent-elles se passer de l'amour qui remplit leur existence et anime leur vie, en est le véritable maître, à qui elles doivent leurs grâces, leur beauté, leur puissance, tout jusqu'au proverbe qui constate, proclame et divinise leur empire.

Le musulman, rentré dans son intérieur, y est seul, faute d'y trouver une compagne de ses sentiments et de ses idées : plus heureux, le chrétien peut répéter auprès de sa femme ce que Pythagore disait près de son ami : « *Je ne suis pas seul, et nous « ne sommes pas deux* »

Un écrivain, un orateur dont j'aime la parole chaleureuse, le style simple et pur, disait naguère aux applaudissements du corps législatif :

« Le plus grand intérêt du pays, c'est que les mœurs publiques,
« les mœurs des familles soient relevées. Or c'est par la femme
« seule qu'on peut restaurer les mœurs des familles ».

Ainsi, la cause de l'Amour étant plus spécialement celle de la
femme, et la meilleure moitié de l'espèce humaine n'étant belle
que parce qu'elle est bonne,

> Quand tout se fait petit, toi seule restant grande,
> De tout œuvre d'amour, femme, fais propagande.
> Que la belle moitié de ce laid genre humain
> Vienne en aide à l'Amour et, de sa blanche main
> Dénouant son bandeau, lui montre son chemin,
> Justifiant par là, s'il était nécessaire,
> Cet hommage flatteur que lui rendit Voltaire :
> « Des femmes le prompt sentiment
> « Vaut mieux que tout raisonnement » .

A LA FRANCE, A L'ITALIE
ET A LEURS SOUVERAINS.

J'adore à la folie
La France et l'Italie.
Comme l'éclat du plus beau jour,
Chacune brille, étoile chère :
La France aimable est fille de l'Amour,
Dont l'Italie est l'adorable mère.

Imitons, tous, les deux Napoléon :
Le premier dans son aversion
Pour toutes les retraites,
A l'égal des défaites ;
L'autre dans sa prédilection
Pour les sages victoires
En guerre, en paix pour toutes gloires.

A leurs pensers il faut s'initier.
Que fût hier Napoléon premier ?
Le plus grand assembleur de forces militaires,
Et d'audace et d'honneur sachant les animer.

Qu'est aujourd'hui Napoléon dernier ?
Le plus grand assembleur de forces populaires,
De calme et de prudence ayant su les armer.

Du côté de la paix et de son abondance,
Il est bon, il est beau que penche la balance.

Imitons, tous, la féconde fierté
Du roi qui craint si peu la liberté,
La mit hardiment sur le trône,
Qui la conquise et qui la donne.

ENCYCLIQUE DE L'AMOUR.

LE FRUIT PERMIS

———— ❦ ————

ALLÉGORIE.

« La religion, la civilisation et la liberté sont des
« sœurs immortelles qui doivent s'entendre, se
« donner la main et non se combattre. L'avenir
« appartient à la religion, comme à la civilisation.
« Je suis convaincu que les idées de religion et de
« liberté ne vivront pas en un éternel conflit ; je
« crois que le grand jour des conciliations arrivera ;
« que ces problèmes qu'on agite aboutiront un jour
« — je ne sais lequel et Dieu veuille qu'il soit le
« plus prochain possible ! — à une grande et
« féconde harmonie. »

Paroles de Monsieur Rouher au sénat dans
la séance du 18 mars 1865.

————

LA POMME DE SCIENCE ET LA POMME D'AMOUR.

LA POMME DE SCIENCE.

Sachez qu'au paradis,
Où je brillai jadis,
Je fus par excellence
La pomme de science.
Tous les grands esprits
De moi sont épris.
J'alimente les mondes
De paroles fécondes,
Car savoir
C'est avoir.
Ma haute influence
A toute licence :
Qui sait voir
Et prévoir
Doit pouvoir.
Des nations je fais la gloire,
En organisant la victoire
Et dictant des lois
A leurs plus grands rois.
Entre peuples et chefs je résous tout problème
Que pose le pouvoir ou la liberté même,
Et ne laisse en oubli
Nul grand fait accompli,
Tout doit céder à la science.
Rien n'est pire que l'ignorance.

Esprit
humain.

LA POMME D'AMOUR.

Rien n'est meilleur que l'inscience
Insouciante des Amours
Qui rebelles à tes discours,
Se serrent dans leur nid ouaté de concorde,
Quand tu souffles autour le froid de la discorde.
Tu dis : vivre, c'est prospérer ;
Je dis : vivre, c'est espérer,
Mais chez toi la science
Dévore l'espérance.
Tu peux tout : mal et bien ;
Ton rêve est de paraître
Et ton lot de connaître ;
Inspirer est le mien !

Conscience
et science.

Pour devenir des sentiments
Que faudrait-il à tes idées ?
Une longue suite d'années.
Mon sentiment devient idée en moins de temps :
Elle est parfois absente.
Tant sa démarche est lente :
Lui ressemble à l'aimant,
Toujours prêt et présent.
Intimement sensible,
A peine compressible,
Le sentiment, datant de l'organisation,
Est donc antérieur à toute sensation.
Il n'est pas d'impression que le cœur ne reçoive
Et qu'il ne sente avant que l'esprit la conçoive ;

Sentiment
et idée.

QUESTIONS
MORALES ET
MÉTAPHYSIQUES

Mon impétueux sentiment
Précède ton raisonnement.

N'était la conscience,
Ce premier-né du cœur,
Que vaudrait ta science,
Ce rayon sans chaleur ?

**Conscience
et science.**

Ce que vaut toute flamme
Qui ne vient pas de l'âme ;
Ce que vaut tout amour qui n'est pas chaleureux,
Tout humain sentiment qui n'est point généreux.

Tu sais tout, hors la vie

**Cœur
esprit.**

Et suis la folle envie
D'immoler le cœur à l'esprit.
Autrement nature prescrit.
Tu vis par tes pensées
Sur les cimes glacées :
Moi, je vis par le cœur
Au foyer du bonheur.

L'esprit a l'étincelle, il lui manque la flamme :
Vigueur, grâce, bonté, grandeur viennent de l'âme ;
C'est la source du beau, c'est la mine du bien.

Ame.

Lorsque tu glaces tout ou que tu ne fais rien,
L'âme unit la chaleur, l'action et la lumière :
Elle excite, elle crée, elle échauffe, elle éclaire.

Avec moi
La coupe de la vie
A de grands, de magiques bords
Qui sont emmiellés d'espérance.

Avec toi
L'on trouve au fond la lie
Avec des soucis, du remords,
Les doutes et la défaillance.

Du monde et de sa foi
Tu prétends être
Souverain maître,
Et ne l'es pas de toi.
Commander à soi-même
Est pourtant loi suprême
Au code immortel du devoir ;
Et le maître qu'on aime,
Digne du diadême,
A jamais maintient son pouvoir.

Prétention
moderne.

Le vrai maître est celui qui sur les cœurs a prise
Et qui sur le sien propre exerce sa maîtrise.
Ne pas régner sur l'âme et régner sur l'esprit,
C'est rendre ou partager l'empire que l'on prit ;
Et régner sur autrui sans régner sur soi-même,
Sur son front c'est ternir l'éclat du diadême.
Que sert au souverain de régner sur le corps ?
C'est déchoir, ou primer comme prime la mort.

Empire
humain.

Si tu veux remplacer Dieu même sur son trône,
Médite sur le poids si lourd de sa couronne
Tombant en ta débile main,
Atlas sur l'épaule d'un nain.
En nous serait l'origine
De ta puissance divine.
La clef d'or du pouvoir se forge dans le cœur.

La plus haute
question
du jour.

QUESTIONS MODERNES. C'est là qu'on se fait Dieu, roi, czar, pape, empereur.
Le monde pour son chef pût-il te reconnaître,
Il te faudrait encor son âme conquérir.
Voilà le premier bien que tu dois acquérir ;
Fais lui battre le cœur, tu deviendras son maître.
Tout appui qui lui vient du for intérieur
Rehausse le pouvoir, le rend stable et meilleur.

Le vrai comble de la science,
C'est d'aviver la conscience,
Et non la seule intelligence.

Vraie science
L'on ne peut transformer le monde extérieur
Qu'avec ces sentiments de l'homme intérieur
Qui, chargés de vouloir et armés de paroles,
Ont le pouvoir d'emplir le monde jusqu'aux pôles.

Science de la liberté
L'esclave aime son maître et la loi des vainqueurs :
Un grand esprit s'applique à former de grands cœurs,
Car de tous les moyens c'est le plus efficace
Pour délivrer le monde et en changer la face.

La liberté pourtant pour plus d'une raison
N'est jamais que le faîte, et non pas la maison :
Elle est fille de l'ordre, elle n'est point sa mère.
De la liberté Tout est que l'être humain et grandisse et prospère.
De ce double progrès jaillit la liberté.
Toute franchise naît au sein de l'unité.
Mais l'ordre, qui le fait ? La maison, qui la fonde ?
Un être collectif, l'âme de tout le monde.
Voilà le grand levier ; immense est son pouvoir.
Quel est le point d'appui ? L'amour, non le savoir.
Quelle force est en jeu ? C'est la force morale

Triomphant tôt ou tard de la force brutale.
Où la chercher ? En nous tous, dans nos volontés
Qui font et qui défont toutes autorités.

QUESTIONS
LIBÉRALES.

Avant d'être divin, le droit fut populaire.
Sur le rocher du droit tous vaincront l'arbitraire.
A-t-elle donc cessé d'être la voix de Dieu,
La voix des nations ? ce n'est pas au milieu
Du désert sans écho qu'elle se fait entendre :
Elle est au monde ; heureux qui saura la comprendre,
Cette reine moderne ! Au pur foyer moral
Allume hardiment le flambeau libéral.
La liberté gouverne ou la démocratie
Règne dans notre siècle en France, en Italie.

La voix
des nations.

   Peut-être bien le droit nouveau
   Est-il seulement renouveau.
   Riche bilan : le droit chrétien
      A brisé l'esclavage
      Et détruit le servage.
   La liberté, c'est donc son bien.
      La liberté nouvelle
      N'est donc que renouvelle
      Elle tient à l'histoire,
      Elle est tradition ;
      En faussant son action,
      On léserait sa gloire

Droit
chrétien.

Droit
nouveau.

Et celle d'un grand peuple ainsi nommé : les Francs.
Que n'ont osé ses preux, qui furent des géants ?
Que ne peut un tel peuple, alors qu'il s'est fait homme,
Alors qu'il s'est fait un ; invincible on le nomme,

QUESTIONS
DU SIÈCLE. Ou bien nation-soleil. L'amour fit l'unité
Chez lui. Chez lui l'amour refait la liberté,

Le mot des plus grands chefs, la loi des vrais apôtres
Est : aidez-vous les uns les autres ;
Mais pour s'aider
**Il se faut
entr'aider.**   Il faut s'aimer :
L'amour vrai dans toute vie
N'est donc pas simple harmonie ;
**Il se faut
entr'aimer.** Il est encor besoin, il est nécessité
Pour la société
Et pour la liberté ;
Il est besoin pour la patrie,
Nécessité pour tout génie.

Ce que j'ai dit d'un peuple à tous autres convient ;
Solidarité. Ce qu'un seul sème au monde à l'univers revient,
Ce que plante le père à ses enfants profite ;
La solidarité fait belle la conduite,
Bonne la réussite.

Le siége de tout bien social, c'est le cœur,
Lutte.   Soit le cœur bon, l'esprit du temps sera vainqueur.
Seule la lutte est grande : arrière donc la crainte ;
Proscrivons la violence et n'armons pas la plainte.

Ah ! ce serait grande illusion,
Croire que la persécution
Rencontre souvent bonne chance.
Persécution. Au *Cid* persécuté *Cinna* dut sa naissance,
Un jour. Cette fois seulement
Un seul martyr fit le printemps.

C'est une exception : il en faut davantage
Pour tout progrès réel, même pour le plus sage.

L'honneur sait se défendre, en respectant tout droit ;
Il poursuit sans céder à la haine, aux alarmes
La réparation qu'on refuse et qu'on doit.
La persécution fournit de bonnes armes
Aux vaincus, quels qu'ils soient, pour de nouveaux
[combats.

Lutte
honorable.

Ce n'est pas qu'il convienne à qui se trouve en butte,
Aux accusations de déserter la lutte,
La modération soutient tout ici-bas,
En tirant son appui d'une volonté ferme
Qui ne fléchit jamais, fût-elle au dernier terme.

Non, l'humiliation de son propre pouvoir,
Aucune nation ne saurait le vouloir.
    Plus n'est question de népotisme,
    Mais bien de l'art du despotisme
    D'un grand pouvoir universel
Qui voudrait tout régir, même le temporel.
« Les biens religieux ne sont pas de ce monde, »
A la religion dit toujours qui la fonde.

Humiliation
du pouvoir.

Le bel art, les vrais dieux, ainsi dit-on, s'en vont :
Non ce n'est pas ainsi ; seulement beaucoup d'hommes
Certain art ont quitté, certains cieux quitteront.
En sont-ils plus mauvais ? Non, libéraux nous sommes
    Et par là chrétiens encor plus.
L'un ferme volontiers le temple de Janus :
Vous, qui compromettriez la liberté chrétienne,
Gardez-vous d'oublier la roche tarpéienne.

Biens
religieux.

QUESTIONS
MIXTES.

Que s'il fallait entre eux établir des paris,
J'abandonnerais Rome et soutiendrais Paris :
Vainement contre lui l'ordre des temps on tourne ;
Que s'il est des questions qui ne finissent pas,

Rome
et Paris.

Rome pourrait broncher, tomber au dernier pas.
Celui qui nuit s'en va, celui qui sert retourne ;
De l'histoire moderne est là l'enseignement.
La voix des nations prime celle du prince,
Délègue leurs pouvoirs, lègue toute province :
Oui, qui mange *du peuple* en meurt réellement.
C'est des peuples qn'il tourne et non du despotisme
Au jeu comtemporain : lui n'est qu'anachronisme.

Les privilégiés surmenant leurs débats,
La liberté n'a point à les mettre au plus bas.
Elle aurait intérêt à laisser faire, à dire :
Chefs d'états, chefs de cieux, disputez de l'empire ;
        Divisez-vous,
        Délivrez-nous,
Si près d'elle n'étaient et l'harmonie et l'ordre
Qui réclament la fin de tout trouble et désordre.

      Par suite de concentration
      Immense, extrême de sa force,

Haute liberté
contre haut
despotisme.

Un pouvoir absolu se sépare et divorce
Avec les lois de notre association.
Le flot monte toujours : chez tous il s'extravase ;
Pour résister, il n'est qu'une solide base :
      C'est celle de la liberté,
Qui n'a besoin que de modérantisme
Pour triompher du plus haut despotisme,

Force contre opinion est inutilité ;
Persécution, c'est pire, oui, c'est indignité.

QUESTIONS
MIXTES.
Le droit
et le fait.

La libre discussion sait, dans la conscience
De tous, trouver, armer l'efficace puissance.
Auprès du droit les faits sont comme des serpents
Qui contre cette lime usent toutes leurs dents,
     A moins que le droit change
     Par l'incessant échange
   De pensers libéralisés,
Par les besoins nouveaux ; et que, mieux avisés,
  L'esprit public, l'opinion générale,
  De tous les cœurs expression morale,
Ne viennent apporter dans la suite des temps
A des faits isolés leurs forts assentiments.

Penser contre penser, ou force contre force ;
    Mais c'est vainement que s'efforce
    La force contre le penser :
    Elle n'y fait que s'offenser ;
    La penser ne peut que se nuire
    A violenter, au lieu de luire.

Force contre
Pensée.

Par le fusil, le glaive ou les canons rayés
L'on voit dans tous les temps les progrès enrayés.

L'esclave se refuse au salut de son maître,
De nos jours, sous nos yeux : il faut bien reconnaître
Ce que l'on voit soi-même : a-t-il, dis, tout le tort
  De s'abstenir dans la cause du fort,
De ne vouloir pas aider qui l'opprime ?
    Que tout seul le maître s'escrime :
Quant à le soutenir, l'esclave ne le veut ;

QUESTIONS
LIBÉRALES.

L'esclave.

Il sait dire à son tour poliment *qu'il ne peut.*
    Rends lui la liberté : l'esclave
Saura revenir seul maître dans le conclave.
A ce prix seulement, j'apporte mon concours,
Dit l'esclave en ce siècle : il raisonne fort juste
Et sa pétition ne peut paraître injuste.

L'esclave s'émancipe à dire qu'il ne peut
L'homme libre a le droit de dire qu'il ne veut ;
Mais il est plus poli quand il se borne à dire
A tous les potentats, à tous les chefs d'empire :

    Rois, empereurs, ne puis :
    Vrai souverain je suis.
Il saurait bien encor exercer ces droits mêmes,
Si contre les nations s'armaient les diadêmes.

Aussi le maître au Sud rend-il la liberté ;
Sans plus de droit, a-t-il ailleurs plus de fierté ?
Mieux lui vaudrait surcroit de libéralité :
Sinon, lui restera contraire à la justice
Et l'esclave toujours contraire à l'injustice.

Le nouveau monde né dans l'an quatre-vingt-neuf,
Ce messager d'un droit à faux prétendu neuf.
Mais vrai, doit maintenir, fonder ce qu'il affirme ;
En y contredisant, son pouvoir on infirme :
Sa mission, son devoir est de le soutenir
Dans le choc actuel et le choc à venir.
Il ne peut abdiquer, sacrifier son rôle
Au faux droit s'arrogeant un divin monopole.
Que si la France fut miroir en chrétienté,
Elle en sera plutòt miroir de liberté.

Si dans la religion elle fut capitale,
Son action plus et mieux deviendra libérale.
Soldat de Dieu, soldat de Civilisation,
Dans l'un et l'autre cas, c'est la même nation
Faisant le lendemain ce qu'elle a fait la veille,
Sous le même regard de Dieu qui la surveille.
Elle n'innove pas, à vrai dire, en action,
Poursuivant le progrès ou bien la perfection.
D'un antique rayon son noble front s'éclaire,
Quand elle prend en main la cause populaire.

Elle fut tout d'abord peuple de liberté,
   Pays de foi, mais non d'obédience,
   Que faut-il voir aujourd'hui dans la France ?
Elle est depuis longtemps nation d'humanité.
    Forment-elles de vains arcanes,
    Ces déclarations gallicanes
   Conciliant la liberté, la foi,
   Sauvegardant la religion, la loi ?

Tout est universel dans la chrétienne église :
Voilà son fondement ; et sa plus haute assise,
L'unité religieuse est unité d'amour ;
Tel fut son attribut, dès qu'elle vit le jour.
    Elle a le doux nid de la grâce,
    L'onction pénétrante, efficace,
Non le pouvoir altier de déposer les rois,
De juger, d'ébranler, de renverser les lois,
Ni le pouvoir de tous dans une main unique,
Ni même aucun pouvoir dans l'ordre politique.
La puissance appartient à la communauté ;

QUESTIONS
MIXTES.

La France
chrétienne,
libérale,
gallicane.

La vérité sur
le pouvoir
religieux,

QUESTIONS
LIBÉRALES. Le vrai droit souverain est dans la Chrétienté.
Tout le pouvoir de Dieu tient-il dans un seul homme?
Pas plus que l'univers ne tient dans un atome.

Jamais nation d'honneur et de haute fierté
N'abandonne à toujours sa part de liberté,
A nul homme sans droit ne doit être enlevée
Sa juste cote-part de liberté privée.
Par quelque monopole il peut être écrasé,
Un homme Celui qui par le bien eut le cœur embrasé,
libre. De la loi du plus fort injustement victime
Et retenu captif dans le fond de l'abîme,
Jusqu'à ce que, s'armant de son indignation,
Parmi ses oppresseurs il met la confusion.
Toute action de son droit peut être supprimée ;
Mais la propriété n'en est point périmée :
Il se redresse un jour, sérieux, solennel,
Tout fort et s'appuyant à ce roc éternel,
Le droit, il se revanche, impose la justice,
L'ordre à l'oppression, un terme à l'injustice.

Parfois, comme fait l'homme, un peuple fait aussi :
Un peuple Si celui-là le doit, pourquoi pas celui-ci ?
libre.
　　　　C'est son droit : s'il en use,
　　　　Il ne fait aucun tort ;
　　　　Si non, le maître abuse,
　　　　Et lui souffre plus fort.
C'est par la liberté que s'affermit l'empire ;
L'histoire qui le voit pourra bientôt l'écrire.
　　　　L'histoire également!
　　　　Le voit en ce moment :
Ce qui le mieux conquiert est ce qui le mieux fonde,

La liberté, créant tel royaume ou tel monde :
    Des alpes au-delà
    Des alpes en deça,
    Dans le dix-huitième
    Et le dix-neuvième
  Siècle, naissante vérité,
  Même double fécondité.

QUESTIONS LIBÉRALES.

La liberté dans un royaume et dans un monde

Un cri de liberté retentit dans le monde ;
Il sémera partout la parole féconde.
A ses aspirations des cieux se ferment ; mais
D'autres cieux sont ouverts, car l'idéal jamais
Ne s'éteint dans le cœur des nations, tout comme
N'est et ne fut jamais vacant le cœur de l'homme.

Un cri de liberté.

Le monde souffre : *au mal* il faut un guérisseur,
Ou bien à la souffrance un vrai consolateur.
L'univers remuant s'agite et se tourmente
Dans sa vaine recherche et son ardente attente.
Il ne vit plus ailleurs que dans son avenir.
Etre pour lui n'est rien autre que devenir.
S'il n'est pas, sera t-il ? Ce sphinx-là dévore.
Quand finira sa nuit ? Viendra-t-elle l'aurore ?
Le cœur des peuples bat plus fort qu'en aucun temps.

Après l'hiver du sphinx, de l'Amour le printemps
Doux et chaud, palpitant, reviendra leur sourire
Et par la liberté couronner leur martyre.
Il ne s'agit pour eux que de la mériter :
Hors la terre promise, aucun ne doit rester.

Renaissance de la liberté.

De la terre et des cieux telle est la dépendance
Qu'avant l'entier discord ils refont l'alliance.

Rien de moins merveilleux que la Divinité
Renouvelle son pacte avec l'humanité.

En ce moment, la force est aux mains de la race :
Elle n'appartient plus à telle ou telle classe.
Soit par la liberté, soit par ambition,

Esprit démo-
cratique. Tout se fait, en ce siècle, à coups de nation.
Il faut à tout colosse, au plus grand autocrate,
Dans l'empire d'Autriche, en Russie et partout,
Pour se tenir ferme et debout,
Les pieds d'airain du démocrate.
L'on comprend si bien
L'importance extrême
De la base même,
Que tout faîte isolé qui ne répond à rien
Semble aspirer, lui,
Vers cette large base où se trouve l'appui :

Forte est l'égalité. De son succès qui doute ?
Ce qui fut un sentier devient la grande route.
C'est grand mérite aux fils des révolutions
D'aspirer à s'unir aux populations.
C'est une gloire aux fils, aux pères une excuse.
Les plus grands se font peuple, et nul ne les accuse,
Même d'ambitions :
C'est utile aux nations.

Esprit
égalitaire. L'esprit autoritaire
Se fait égalitaire ;
Un seul resiste encor,
Et c'est le doctrinaire.
Attendons : l'arbitraire

Lui même ne peut guère
Se passer d'un accord.

Toute doctrine
Cède et s'incline
Devant le fait nouveau, s'il devient permanent
Et si lui seul remplace
L'ancien régime qu'il déplace
Avantageusement.
Aux yeux de l'habile et du sage,
Ce qui dure et fait l'avantage
De tout le genre humain
Porte le sceau divin
De la vérité vraie :
Ce n'est-pas là l'ivraie,
Certes, c'est le bon grain
Fécond, utile et sain ;
Bien public on le nomme.

C'est l'avantage collectif
Qui devint le bien primitif,
Posa sa borne au droit, non au devoir de l'homme
Et fit au juste mesurer
La taille de ces Libertés, pures et nobles filles
Que l'Amour venait de créer.

Le vrai fait l'évidence
Sous la double assistance
Du temps et de la persistance,
Lui seul sait faire en nous
La plus vive lumière,
Comme seul il éclaire

QUESTIONS
SOCIALES.

Du bien
public.

Du vrai

2.

Par degrès ceux-ci, ceux-là tous.
A lui seul il suffit pour luire
De se produire
Et de durer
Pour pénétrer
Partout, quand à l'erreur il suffit de paraître
Pour disparaître.

Le vrai n'a rien de dur
Ni rien de bien obscur
Et, pour être immuable,
N'en est pas moins aimable.
S'il est parfois mystérieux,
C'est qu'il descend tout droit des cieux ;
Mais, dans ce cas même accessible.
Il est sous son voile visible,

Du vrai.

A grand'peine il maudit :
De tout cœur il bénit.
Bénir, d'amour c'est œuvre,
Forte, habile manœuvre,
Immense pouvoir
Et divin devoir.

Maudire, c'est se nuire
Et nuire à tout empire.
Les pleurs du ciel tombent sans bruit
Pour tomber avec plus de fruit :
Ils veulent par degrès stimuler tous les mondes,
Sans prétendre agiter ni tourmenter leurs ondes,
Doucement exciter,
Nullement irriter,

Fortifier le corps ou bien élever l'âme,
Mais non pas attiser de la passion la flamme.

Même avec une fleur
Ne touche jamais à la femme ;
D'amour ne souffle sur la flamme
Sans crainte et sans douleur.
Le vrai soutient console
Et plaint, quand il désole.
Il rapproche, il unit
Et souffre, s'il punit.

Du vrai.

Le vrai peut exprimer l'onctueux chant du cygne,
Murmurer les soupirs d'un cœur qui se résigne.
Chez lui n'éclate pas l'accent impérieux
Qui peut tomber de haut, mais ne vient pas des cieux.

Le Pouvoir, la Bonté ne sont pas en divorce :
Plus elle a de douceur, et plus il a de force.
Près d'eux l'Amour voulant créer la Liberté,
Rallia tous les cœurs au sein de l'Unité.

**Idéal
réalisable.**

Plus de sarcasme et de colère,
Fils de Voltaire ;
Des pensers libéralisés,
Fils des Croisés.
Notre religion est concorde
Et combat chez tous la discorde ;
Ce vieux legs des faux Dieux.
Douce fille des cieux,
La perfection d'aucun progrès n'est ennemie ;
Du mieux comme du bien elle est toujours amie.

Concorde.

Ce qu'elle aime avant tout, ce sont les grands bienfaits
Que recèle en son sein l'inépuisable paix.
Ecole de tyrans, de vol et de carnages,
    La guerre a de fausses grandeurs :
Ecole de beaux-arts, école des plus sages,
    La paix a les saines splendeurs.

Paix.

    De soi, la perfection est une :
    Elle proscrit toute lacune ;
Fût-il vrai qu'ici bas tout fût en perdition,
Tout, par contre, là haut serait en perfection.
Lors donc que vers la paix l'Europe entière marche,
Les cieux ne prennent point la contraire démarche.

Ce qui les ouvre tous, c'est des cœurs la fusion ;
Ils sont fermés sans cesse à la désunion,
N'acceptent rien de tout ce qui désorganise
Ni rien non plus de tout ce qui désharmonise.

Unités.

A cette fusion tient tout l'ordre général.
L'unité religieuse a fait l'ordre moral.
    C'est bien de l'unité morale
    Que vint l'unité sociale,
Harmonisant le monde et les sociétés,
Malgré leurs ambitions et leurs satiétés.
De ces unités sort l'unité politique,
Qui porte au plus haut point la puissance publique.
Unifiez le monde, au bien vous mènerez.

En le pacifiant, vous le policerez :
L'apaisement entame le désordre ;
L'amour l'abat et en fait un bel ordre,
A moins que la discorde, aveuglant les nations,
N'allume l'incendie au choc des passions.

A jamais des discords comblez l'affreux abîme,
Puis montez de la paix la haute et douce cime ;
Montez, montez encor un dernier échelon,
Montez jusqu'à l'amour, au sein de l'union.
Pour le progrès voilà la suprême victoire ;
C'est le couronnement de l'homme, de l'histoire :
De la religion est là toute la gloire,
Son salut
Et son but.
Avec le droit serait-elle en divorce,
En alliance ouverte avec la force ?

La gloire fratricide est une fiction ;
La paix est vérité, la guerre illusion.
Rien n'est plus faux que la guerrre intestine
Qui toute liberté, qui tout peuple assassine.
Quand sous nos yeux un peuple elle extermine,
Il faut la redouter. Marche vers l'unité :
Elle seule, d'un bout touchant la vérité,
S'étend de l'autre bout jusqu'à la liberté.

Pour tout esprit qui vous compare,
Bien peu de chose vous sépare,
Progrès, et vous divine association ;
Le terme du progrès, c'est la perfection,
Qui fait point de départ pour toute religion.
L'une montre le but par deux fois à distance,
Dans le futur, dans le passé : l'autre sur l'avenir
Entend lui conquérir une très grande avance,
Pour nous tous mieux unir.
L'un entre deux moyens fait choix de l'espérance :

QUESTIONS
SOCIALES
MORALES
POLITIQUES
ET RELIGIEUSES

Union.

Guerre
intestine.

Progrès
et religion.

QUESTIONS

SOCIALES

ET RELIGIEUSES.

L'autre, prenant les deux, s'arme du souvenir.
  Autre n'est pas leur mince dissemblance ;
  De leur bilan égale est la balance :
  En tout, l'objet du désaccord n'est rien ,
  Sinon le moins ou le plus de moyen.
    Quant au reste,
    Tout l'atteste,
Ils ont pour but commun et pour commun pouvoir
L'un et l'autre la foi, l'un et l'autre l'espoir
  Et le même appui : le devoir.

  Jamais la discorde n'est belle.
  Tout milite vraiment contre elle :
Elle fausse l'honneur, incite au désespoir ;
Elle immole l'amour et profane l'espoir.
Il lui faut peu de jours pour détruire un bel ordre
Par la haine d'abord et puis par le désordre,
  Pour infléchir le droit devoir,
  Saper ou miner le pouvoir.

Discorde. Elle comble le mal par la persévérance,
Car la haine lui fait apport de patience.

A ce prix seulement s'ils nous étaient promis,
Les services du ciel en seraient compromis.
Fusion. Pour rallier toute saine science.
  Pour ne pas rompre avec la conscience
Pour conjurer le trouble et la confusion,
De la terre et des cieux opérons la fusion.

  Notre religion catholique
De tout temps à la France a dû tous ses amours,
  N'ayant reçu que des secours

De sa foi, de son cœur et de sa politique :
    Ce que les hommes ont de mieux
    Doit être bien venu des cieux.

QUESTIONS
SOCIALES
ET RELIGIEUSES.

  O liberté ! contre toi qui donc crie ?
  Qui de nos jours te flétrit, te décrie ?
Un pouvoir que tu fis, qui par toi s'étendit
    Et dans tous les temps resplendit
Spirituellement. Qui donc te calomnie ?
Comblé par tes bienfaits, sacerdotal génie.
    Le pontificat religieux
    Qui gouverne du haut des cieux,
      Mais vit bien sur la terre
      Sa bonne nourricière ;
   Tenace, immense et fort pouvoir
Qui dans tes larges mains prit, grossit son avoir.

France
catholique,

    Pour triompher de l'esclavage,
    Pour avoir raison du servage
Tu voulus t'assurer ses clartés, son appui.
Pour toi cette puissance, en plus d'un siècle a lui.
Tu t'armas bravement pour faire ses conquêtes,
Tout comme de nos jours tu combats et t'apprêtes
  A conquérir pour tel ou tel pouvoir
Qui pour toi sert, faisant mieux son devoir,
Et sait que par tes mains passe toute couronne
Que consacre le temps quand le peuple la donne.
    Tes mandataires libéraux,
Tes pontifes, jadis magistrats sociaux,
Du peuple souverain désertant la bannière,
Revendiquent pour eux le pouvoir arbitraire.

QUESTION
ULTRAMONTAINE
Chacun maître chez soi », dit haut la liberté :
Je suis maître chez tous », dit certaine unité
Croyant autant que Rome en son éternité,
Qui devrait nous conduire, unité de l'église
Qui loin de nous unir, nous sépare et divise,
Faute en cela de croire à son grand fondateur
Enseignant que toujours pouvoir divisé meurt.

L'ultramon-
tanisme
appelle le
schisme.

Ce dire altier a fait l'église protestante,
Appelle haut le schisme et, l'imprudent ! le tente.

L'aigle de Meaux l'a vu,
Bossuet l'a prévu ;
Il montra ce danger suprême,
Gémit, cria, supplia même,
Sachant qu'à son berceau l'église en sa fierté
N'avait grandi qu'avec et par la liberté.

Le gallica-
nisme le re-
pousse.

Dieu merci ! Notre France est encore chrétienne.
Pourtant elle serait protestante ou païenne,
Si n'étaient ces déclarations
Récélant en leur sein le droit des nations,
Affirmant leur indépendance
Et leur souveraine puissance,
Protestations de fiers gaulois
En faveur du respect des lois
Contre de vieux romains un groupe,
Voulant les emporter en croupe.

Par ton appel récent au despotisme
Qui pour toi, Rome, est un anachronisme,
Ton influence ira baissant
Et ta puissance s'affaissant.

En bonne compagnie ,
En celle du génie,
Des Bossuet, Pascal, Portalis, d'Aguesseau,
De forts, de grands esprits inflexible faisceau,
Qui virent clairement au fond de ta doctrine
Pour l'église ou l'état menace de ruine,
L'on peut réaffirmer que ta prétention
Nuit au pouvoir civil et à la religion.
Cette arme a deux tranchants : il est bon de le dire,
Sans, plus que ces esprits, faire mal ni médire.

Le défenseur du peuple en toi fut surtout grand;
Ta longue et belle histoire à l'univers l'apprend :
C'est en nous délivrant que se fonda l'église,
Qui porta le progrès chez toute nation,
Fut un grand instrument de civilisation;
C'est sur la liberté qu'elle fût bien assise.
La liberté trouva chez toi plus d'un trésor
Et tu pris à ton tour chez elle ton essor,
Elle fut et sera constamment libérale :
Rien ne lui manque, hormis d'être encor plus morale.
Dans la suite des temps, les cœurs avec fierté
Viendront tous embrasser la forte liberté,
Ressemblant au chêne que serre
Avec amour le bras du lierre.
Gloire au pouvoir qui viendra le premier !
C'est lui qui doit régir le monde entier.

Pour toi, Rome, il n'est plus qu'une démarche à
[prendre :
La voie où te grandis, il te faut la reprendre.

QUESTION
ULTRAMONTAINE

Despotisme,
cause de dé-
cadence pour
l'église.

Liberté,
cause de
grandeur.

Déplacement
de pouvoirs.

Moyen de les
conserver.

Rome doit raviver un populaire amour
Qui dans tout son passé fit son plus bel atour.

Elle pousse tantôt à bout sa monarchie,
Dans ce siècle, et tantôt va jusqu'à l'anarchie,

Trop peu jalouse en aucun lieu
De prendre ou garder le milieu.
Etirant trop deux diadêmes,
Faisant se toucher les extrêmes,
Elle amincit trop l'entre-deux,
Lot du médiateur des cieux.

Médiation n'est-elle union et concorde,
Amour se ravivant par la miséricorde ?
Ainsi veut, ou voulut du moins, l'institution ;
Dans la suite des temps vint la dérogation.

La religion n'est pas, ne peut-être un seul homme ;
L'homme est toujours sujet à des imperfections :
Elle, des civilisations
Réprésente presque la somme.

Ne cède, ô Liberté ! jamais plus ton pouvoir
Sans gage,
Car qui tel le reçut à ne plus le ravoir
T'engage ;
Double douleur pour toi :
Ce fils liberticide,
En violant ta loi,
Mère, se suicide.

Pourtant rien ne saurait arracher de mon cœur
L'attente de ce jour prochainement vainqueur,

Où se reconnaîtront les saines espérances,
Les plus fortes vertus, les plus hautes vaillances,
Dans ce divin miroir de civilisation
Qu'à l'univers entier offre la religion.

La vie, hors d'elle, tremble et n'est pas bien assise,
Se dessèche le cœur, l'âme se stérilise;
A l'ennui, fils du vide, elle résiste en vain.
    Que sert un orgueilleux dédain?
    De l'association divine
        Qui plus qu'on ne veut voir,
        Plus qu'on ne l'imagine,
        Exerce un grand pouvoir,
Qui de l'humanité brisa jadis la chaîne,
Combattit l'anarchie en combattant la haine,
Influa de tout temps sur les gouvernements,
Sur les mœurs et sur tous les humains éléments.
        Est-ce en fermant les yeux
        Qu'on répand la lumière?
        Est-ce en niant les Dieux
        Que l'homme l'on éclaire?

    Des chrétiens la religion,
    Telle que Dieu la vraiment faite,
    De la civilisation
    Fut la base et sera le faîte.
    Elle fit son commencement
    Et fera son couronnement,
Quand brillera le jour ardemment désirable,
Dans l'histoire du monde à jamais mémorable,
    Des grandes conciliations,
    Des plus augustes fusions,

QUESTIONS
RELIGIEUSES

Espérance
religieuse et
civilisatrice.

La vérité

Sur la
religion.

Quand les cœurs s'épurant par la saine morale
De ce Dieu dont la main fut toujours libérale,
A coups de liberté chassant la corruption,
La confusion par l'ordre et par l'amour les haines,
Opéreront sans bruits les réformes humaines,
Les regards attachés au phare lumineux
Qui sauve des écueils, des courants épineux,
   Fait doubler ce cap des tempêtes
   Où se dresse une hydre à cent têtes
   Et fait entendre à chaque nation
Les immenses concerts, prodigues d'harmonies,
De toute universelle association
   Excluant toutes simonies
   Et gardant toutes religions.

  Qu'est-ce la religion vraiment universelle ?
  Souveraineté personnelle ;

C'est là par dessus tout un royaume idéal
Plaçant chez tous un trône avec un tribunal
Qui juge tout le monde et se juge soi-même :
Ici la conscience aide le diadème.
Est-il dans l'univers rien de plus libéral,
D'aussi libérateur que ce noble idéal
Qui n'engage chacun à prendre ou reconnaître
Qu'un maître de son choix et le plus clément maître ?
   C'est d'un vrai souverain
   Toute l'indépendance
   Avec la conscience
   Pour coercitif frein.

  Loin que jamais rien la consume,
  Pour qui s'élève à son niveau,

Notre religion, c'est l'enclume
Capable d'user tout marteau.

Mais quand on redescend sur terre,
Où domine l'esprit de guerre,
La religion est un manteau
Couvrant un groupe politique,
Tantôt plus, tantôt moins sceptique,
Comme elle est aussi le marteau
    D'un parti catholique
    Qui volontiers l'applique
    Contre ces mécréants,
    Ces horribles géants :
Art, pouvoir, liberté, contre toute science
Osant entrer en lutte avec sa providence,
Sans incliner les lois et tout le droit humain
Devant le grand pouvoir d'outre-monts et romain.

Songez au lendemain : la prévoyance veille ;
Excès de zèle nuit : amour vrai bien conseille.
Rien à la liberté, comme à la religion
N'apporte en aucun temps plus de compromission
Que cette immixtion dans le civil domaine
Du pouvoir religieux par une action mondaine.

Tout droit local, dis-tu, de nationalité
    Disparaît ou s'efface,
    Dès qu'on le met en face
Du droit universel propre à l'humanité ;
Mais ce droit général n'est-il la liberté ?
Quoi donc grandit mieux l'homme et plus haut
                    [monte l'âme ?

L'amour de la patrie en épure la flamme;
Qui donne plus de force et plus d'activités?
Qui fait mieux resplendir les nationalités?

Vrai papisme Qui ne sait ce que c'est que le gallicanisme
Doit tâcher de savoir ce qu'est le vrai papisme.
Non, il n'est pas pour lui question
Seulement de domination
Ou de partager tout l'empire
Entre deux pouvoirs qu'on admire;
Ou de combler son ambition..
D'y prendre la part du lion.
Jamais ces deux pouvoirs ne se diront entre eux:
« Fais moi régner sur des peuples fidèles »,
« Subjugue moi des nations rebelles »;
Mais ils devraient se dire, en justes partageux:
Oui, le christianisme
Proscrit le despotime,
Ne fait pas courte échelle aux grandes ambitions,
En servile instrument des dominations.
Bien loin de là: la délivrance
Est pleinement de son essence.
Le Christ ne vint pas nous livrer,
Mais bien le monde délivrer.
Voilà pourquoi l'esprit évangélique
Ne put grandir que hors du despotique.

Accord
de l'esprit
évangélique
avec l'esprit
libéral.
Il entendra trop sa fierté
Pour combattre la liberté
Qui fut sa mère,
Sa nourricière;

Entre eux pas d'éternel conflit,
Car c'est par eux que s'accomplit
Tout ordre de progrès, le progrès des sciences,
Celui qui thésaurise au fond des consciences,
Celui qui guide un peuple et sert sociétés,
Lois, mœurs, droits et devoirs art et toutes beautés.

Le chef du monde catholique
N'est pas un czar théocratique,
Non plus un chef autocratique
Mettez ensemble les avoirs
De ces deux derniers grands pouvoirs,
Vous n'aurez en somme
Que le pouvoir de l'homme.

De la papauté

Que du pouvoir papal plus vaste est le milieu !
Le pape tient du ciel la charge d'homme-Dieu,
Celle de diriger tout le monde des âmes,
En leur communiquant toutes les pures flammes.
Est-il dans l'univers un aussi grand pouvoir ?

Tout est inférieur, excepté son devoir.
Ce devoir est immense à donner le vertige :
Tant d'âmes à sauver ! Tant d'âmes qu'on afflige
A regret et à contre-cœur !
Le plus brave en recevrait peur.

St- Père, ce grand poids, la grande âme du monde,
Qui te fut confiée, Il faut qu'on la féconde ;
Que surtout de lumière et d'amour on l'inonde.
Tel est *l'omnium* de la loi,
Tel est le comble de la foi

QUESTIONS
RÉLIGIEUSES

St-Père, près de Dieu vois ces sœurs immortelles,
Morale, liberté, puissance, religion,
Colonnes supportant la Civilisation
Qui, se donnant la main, apparaîtraient plus belles,
Le plus grand des devoirs consiste à les unir.
Le plus haut des pouvoirs consiste à les bénir.

Toi seul le peux, St-Père : il n'est que ta couronne,
Dans l'univers, à qui ces deux fleurons Dieu donne.
Alors les fleurs du ciel se changeront en fruits,
Ses pleurs exciteront doucement et sans bruits,

A la papauté.Et tes bénédictions nous combleront de joie,
Dès que tu reprendras cette première voie.

Quand tu nous fis cette douce clarté,
L'aurore de la liberté,
Plus d'un se dit : le St-Père anticipe ;
Le grand mot de la fin est conforme au principe.
Rends nous ce mot, ces libertés
Avec plus de prudence et d'efficacités.

Remonte dans le temps et dans toute l'histoire
De toutes religions vois ce qui fit la gloire,
Ce qui fit le déclin. La Civilisation
A toujours son berceau près de la religion
Et ne grandit pas loin, pendant que la dernière
Près de la liberté naît et toujours prospère, —

L'homme, des libertés d'abord adorateur,
Emboîte, en s'égarant, le pas des monopoles
Et va tomber au pied des plus hautes idoles :
Celles d'un doux despote ou bien d'un dictateur.

Du foyer libéral émanent les grandeurs,
A l'origine, avec les fiers, les mâles cœurs.
    . Partout avec les monopoles
      S'ouvrent les premières écoles
      De la désunion des cœurs,
      De la corruption des mœurs.
Dans la suite des temps, avec l'omnipotence
Vient à pas de géant la triste décadence.
Entre ces trois partis que ton choix soit heureux;
Parmi tous, le premier est le plus généreux.

Les moments sont comptés à la théocratie;
L'heure a déjà sonné de la démocratie:
Ayant l'esprit du siècle, elle a l'esprit de vie.
Tu sais que Dieu se plaît parmi les peuples forts:
Il est chef des vivants, il n'est pas chef des morts.
Suis le plus haut exemple et grandis ta mémoire   A la papauté
Par un sage retour à ta première gloire.
Parmi tous les pouvoirs, le grand pouvoir moral
Est celui qui le mieux sait rétrécir le mal;
    Mais après lui la plus haute science
    Sans contredit, est bien l'expérience.
        C'est comme un second Dieu
        Dans un autre milieu:
        Après le divin être,
        C'est le plus savant maître.

Ecoutons le : de grands problêmes sociaux,
Semblables à des sphinx complices des abîmes,
      Menacent de tous maux
      De tremblantes victimes;

Si nous ne nous initions
Aux véritables solutions;
Pour les trouver, il faut, Père, que nous éclaire
Cette resplendissante et divine lumière
Des grandes conciliations,
Chefs-d'œuvre des religions.

Dieu, chrétiens, béniront ta plus grande œuvre, Pie,
Rassurant les croyants et confondant l'impie.
Qui dit foi dit des cœurs fusion,
Non trouble, lutte et confusion.
Quand tout chemin nous mène à Rome,

A la papauté

Un seul te mène au cœur de l'homme;
Il est divers, le nôtre : étant humain;
Le tien est un, parce qu'il est divin.
Qui beaucoup concilie, oui, beaucoup unifie
Et l'unification l'univers fortifie.

Il y va de l'église, il y va de la foi :
L'amour, du monde entier c'est la suprême loi.
Donc, St-Père, courage,
Un grand cœur n'a pas d'âge,

Et toi, Rome, qu'astreint si fort tant de grandeur,
Ressaisis le moyen de combler ta splendeur.

Ce qu'enseigne l'histoire, il est bon de le dire.
De qui la religion reçut-elle l'empire?
Dans tous les cieux,
Ce fut des dieux ;
Mais sur toute la terre,
Dans la paix, comme en guerre,

De l'arbre résistant, fécond des libertés
Tombèrent dans tes mains les souverainetés.

QUESTIONS
RELIGIEUSES.

Qu'est notre religion au dehors ? Mécanisme :
C'est le fond qu'il faut voir, non le seul organisme.
Quand la réforme vint s'enrichir de ses biens,
Elle, expia le tort de trop serrer ses liens.
A vouloir librement que tout homme respire,
Elle n'eut rien perdu de son immense empire.
Elle eut tout maintenu, sachant concilier,
Comme elle perdrait tout à vouloir trop lier.

A Rome.

Au langage divin il est bon qu'on se fie ;
Mais il faut bien l'entendre, alors qu'on s'y confie.
As-tu l'éternité, Rome, sans restriction ?
Non, ce n'est pas ainsi : c'est à la condition
Que de la liberté l'asile saint, auguste
Ne se transforme pas en un lit de Procuste
Et qu'une libérale et belle religion
N'étende pas sur tout tant de domination.

          Qu'est l'ultramontanisme ?
          Qu'est-ce le césarisme ?
             Double exagération
               Et double fanatisme
             D'une double ambition.
Déjà Rome leur doit une double ruine.
Rome aux libertés dut une double origine :
L'une des deux a lui dans le monde païen
Et l'autre a resplendi dans le monde chrétien ;
             Tandisque au césarisme,
          A l'ultramontanisme

L'histoire porte en compte un double ébranlement
Et peut porter un jour un double écroulement.

Toute religion apporte une réforme;
Mais il faut distinguer le fond d'avec la forme :
Eternel est le fond seul de la religion.
Le besoin éternel est civilisation,
  Dont le fond, la substance,
  Bien loin d'être oppression,
  Est toujours délivrance;
  Et l'éternel moyen
  Est le souverain bien,

A Rome.
   Dont l'essence,
   L'excellence,
Est ces universels amours
Qu'il faut considérer toujours,
 Non pas ceux des puissances,
 Ni ceux des résistances,
 Ni ceux des cardinaux,
 Ni ceux des maréchaux,
 Ni ceux des éminences,
 Ni ceux des excellences,
 Ni ceux d'autorité,
 Ni ceux de l'anarchie,
 Mais ceux de la patrie,
 Ceux de l'humanité
 Et de la liberté.

De notre religion voilà le fonds, la vie :
Est-ce bien à cela que Rome nous convie?

— «Notre-Dame est trop près du palais de nos rois» —
Rome est-elle assez loin du temple de nos lois?

  Point de double couronne :
  S'y blesse qui la donne ;
Comme elle nuit à Rome, elle nuit à Paris.
Qui redoute à Paris une double couronne
Prouve qu'à Rome a tort tout maître qui la donne.
Et contre elle, et pour eux, à la fois je m'inscris.
Extension des pouvoirs : germe de despotisme ;
Cumul des hauts pouvoirs : comble d'autocratisme.
L'un et l'autre est un mal pour le libéralisme.
Byzance enseigna l'un au novice univers.
Rome nous apprend l'autre avec ses vieux revers.

A Rome.

  Nul pouvoir arbitraire
  N'est jamais nécessaire,
Devient, quoique l'on fasse, un sérieux danger,
A nul malheur public ne demeure étranger,
  Dans l'édifice politique
  Ou dans le temple catholique.

Oui, l'homme a couronné par son ambition
Le monument bâti par Dieu : sa religion ;
Oui, l'homme a démenti la parole féconde :
« Les biens des vrais chrétiens ne sont pas de ce
          [monde. »
La poursuite, le soin des biens matériels
Nuit éternellement aux biens essentiels.
Qui des trésors divins dévalise la somme ?
Qui toute œuvre de Dieu démolit? Toi seul, homme !

Oui, la nécessité du jour
C'est l'Encyclique de l'Amour.
Pourquoi ? C'est qu'elle est délivrance
Et des cieux le fonds, la substance.
Rome, c'est un remède à ton infirmité :
L'Encyclique de Liberté.
Ce qui te rend infirme est un trop vieux régime :
Lacordaire à raison ; cela mène à l'abîme.

A Rome.

Est-il d'autre remède à tant de vétusté
Que de marcher encore avec l'humanité ?
Il faut étudier avant tout qui nous sommes,
Ensuite aimer son siècle et, tels qu'ils sont, les hommes.
Remplis ton Vatican : la liberté ne fuis.
« Rome n'est plus dans Rome, elle est toute où je suis »,
Dirait la Liberté. Que répondrait le monde ?
Il n'écouterait plus ta parole profonde.
L'oreille des humains se plait à plus d'un son :
L'arbitraire aurait tort ; la liberté, raison.
Ou bien la papauté devienda libérale,
Ou bien la religion deviendra nationale.

Rome y perdrait le tout ; nous en souffririons tous.
Quel remède à cela ? J'offre le mien : et vous,
Romains ? Je n'écris pas pour les romains des lustres,
Que je pourrais aimer, s'ils fesaient mon succès
Et devrais estimer, s'ils fesaient du progrès.
Ma plume va plus haut, atteint des noms illustres,
Princes et cardinaux, savants bénédictins
Tant de nobles esprits, profonds et clandestins
Qui, de Rome, aux nations apprenaient leurs destins.

César fût-il donc seul d'une race divîne
Que tous grands hommes soient de race césarine ?

Tant de Machiavel que de Dante et Vico
Est-ce que l'Italie étoufferait l'écho ?
« Rome aurait prospéré dans une paix profonde,
« Deux soleils éclairant cette reine du monde ;
« Mais sa gloire a pâli quand l'absolu pouvoir
« A mis aux mêmes mains le sceptre et l'encensoir » : A l'Italie.
Du plus profond poète, immortelle patrie,
Ecoute de ton fils, mère, la voix chérie.

Aurais-tu désappris les chrétiennes notions,
Ce phare lumineux de toutes les nations ?
Du souffle libéral la religion respire :
Quand ce souffle lui manque, elle étouffe, elle expire.

Dans la liberté, dans la foi,
La religion antique et la moderne loi,
Ne faut-il donc pas voir deux flammes
Brûlant au chaud foyer des âmes,
Qu'on ne peut séparer
Qu'on a tort d'égarer,
Et sociales et divines,
Ayant les mêmes origines,   Aux Italiens
Illuminant le monde et qui doivent toujours
S'aviver au foyer de tous les purs amours ?

Vous tous, races dégénérées
Et consciences altérées,
Cœurs inféconds, qui peut jamais vous féconder
Et dans tout l'univers un bel ordre fonder,

Faire entendre, aux nations les grandes harmonies
Par la puissante voix de ses profonds génies,
Si ce n'est l'éternel et le seul Dieu, l'Amour ?
Comment créer l'aurore, en se passant du jour ?

Italiens et chrétiens, les belles industries
Sont à grandir encor vos deux grandes patries.
C'est toujours vainement qu'on prétend soutenir
Un pouvoir qui tout seul debout ne peut tenir :
Tout pouvoir qu'on soutient est un pouvoir qui tombe,
Dont la tête et le cœur sont déjà dans la tombe.

**Aux
Chrétiens.**

Quelles contradictions !
Quelles compromissions !
Qu'un esprit libéral soutenant l'arbitraire
Proclamant qu'au pouvoir la force est nécessaire,
La servitude à Rome, à l'église des biens,
Non pas des biens moraux, non pas les biens chrétiens,
Non ceux de l'idéal, mais ceux de la matière,
Que la puissance est force, au lieu d'être lumière !

Esprit dit libéral, tu n'es qu'esprit païen,
De tout pouvoir qui tombe insuffisant soutien.
Esprit plein d'artifice,
Esprit creux et factice ;
Présentant avec art au peuple, à l'univers
De l'esprit libéral le véritable envers,
Esprit de défiance,
Et de fausse science,
Qui dans le monde sait entretenir la peur,
Y veut moralement restaurer la terreur,
Nous enlever ce fruit exquis : la confiance,

Et jusques à sa fleur, jusques à l'espérance,
Qui remonte à Byzance et part de Julien,
Qui lutte de nouveau contre l'esprit chrétien
Comme cet apostat offre un faux parachute,
Au lieu de retarder ou d'amortir la chute
D'un pouvoir aux abois et d'un monde mourant ;
Et qui doit, comme lui, murmurer, expirant :
L'esprit chrétien prévaut contre tout fanatisme
Et l'esprit libéral contre tout despotisme.

QUESTIONS SOCIALES.

Du vrai, du bien le fonds, comme l'air, est si doux
Qu'on rêve, en les voyant, de deux jeunes époux.

Idéal.

    L'Amour en est le commun père
    Qu'il faut avant tout qu'on révère
    Et qu'on aime. La Liberté,
    Noble et fière divinité,
       C'est la plus jeune fille
       De la même famille.

      Spectacle saisissant !
      Mais tableau repoussant !
       Depuis l'origine
       Auguste et divine
Du monde et des sociétés,
Les diverses propriétés,
Autrement dit les libertés
Qui nous sont le plus personnelles
Nous sont hélas ! le moins fidèles,
     Soit la faculté
    De jouir sans contrainte
     Ou la liberté
    De disposer sans crainte

Mouvements
contraires
du monde
intellectuel
et du monde
matériel.

Du fruit de nos méditations
Et de nos investigations,
Des actes de la conscience,
De l'esprit et de la science,
Des produits intellectuels,
Labeurs moraux et manuels,
Soit le libre exercice
Des esprits
Ou le commun service
Des écrits.
Du grand pouvoir de la parole
Qui soudain sur tant de points vole ;

Mouvements
opposés
du monde
intellectuel
ou moral
et du monde
matériel.

C'est dire la propriété
Qui nous ayant le plus coûté
Nous est plus chère et le mieux nôtre,
Doit tout à nous, rien à tout autre,
Liberté qui s'en va baissant
Et dans tous les temps s'affaissant :
Tandis que vont en sens contraire
Et sont dans un état prospère,
En complet développement
Ou bien en progrès permanent,
Les libertés le plus réelles
Qui nous sont le moins personnelles,
Propriétés ou possessions
De terres ou bien de maisons,
Touchant les meubles
Et les immeubles,
Les mutations,
Les transactions,
Toute fonction et tout commerce

Qui principalement s'exerce
Dans le domaine extérieur,
Non dans le for intérieur.

Dans la suite des temps un capital inerte
Pourra, sans assumer la chance d'une perte,
Habituellement donner plus de produits
Qu'un capital vivant ne rapporte de fruits ;
On pourra voir le droit ou le croît de la somme
Primer et opprimer le croît, le droit de l'homme.
Qui met l'intelligence avec l'homme en dessous ?
A-t-elle plus de poids ? Depuis quand la matière,
Autrefois si pesante, est-elle assez légère
Pour vaincre notre essor et dominer sur nous ?

Plus au travers des temps a progressé l'histoire,
Des cœurs indépendants moins brille la mémoire ;
On voit l'ordre moral de plus en plus restreint
Et le matériel de moins en moins étreint,
L'on voudrait bien, dit-on, affranchir toute chose,
Moins une seule : pour l'intelligence, on n'ose ;
Et le cercle légal où se meut notre esprit
Par degrés successifs se trouve circonscrit.

Le temple social emprunte ses colonnes
Au ciel, au sol, à tout plutôt qu'à nos personnes.
La Civilisation se cherchant des ciments,
Exclut de plus en plus les humains éléments·
Quelle est donc la valeur de l'étrange spectacle
Que nous nous donnons tous, parvenus au pinacle
      D'une civilisation,
      Au bout d'une religion ?

QUESTIONS
SOCIALES ET
POLITIQUES.

Insensés que nous sommes !
Moins nous craignons les Dieux,
Plus nous craignons les hommes :
Quelle crainte vaut mieux ?

Tout despotisme a peur qu'un jour on lui résiste,
Prend ses précautions, jusqu'au trépas persiste.
Veut-il présider seul à l'organisation
De cet immense corps : la Civilisation,
Causes de ces
phénomènes
socianx et
politiques.
Et de nature et d'art alliance sublime,
Dont il serait l'idole et chacun la victime ?
Ou dans la défiance a-t-il vu le salut,
Quand par la confiance il eut atteint le but,
Sans tromper tout un peuple et se tromper soi-même,
Sans armer tous les cœurs contre son diadême ?

La confiance apaise et calme les nations :
La défiance irrite, exalte leurs passions.
La vérité sur
le despotisme
Qu'est, au fond, qu'est vraiment le plus grand des-
                              [potisme?
C'est du pouvoir faussé l'aveugle fanatisme,
C'est au profit d'un seul de tous exploitation
Et au profit d'un seul sur tous domination,
Un horrible duel où le moins qu'on poursuive
Jusqu'à ce que le sang, ou mieux la mort s'en suive,
Est pour les uns avoir raison d'une invasion,
Et pour l'autre tuer la Civilisation.
Tout despote a besoin, pour vider ses litiges,
Aux civilisations d'enlever leurs prestiges.

Il craint de perdre tout, qui tout vient d'embrasser.
Si quelqu'un des anneaux allait soudain casser,

En rompant notre chaîne !
Si l'homme se déchaîne !
Si Dieu, se mettant en travers,
Lui retirait tout l'univers !
Il tremble pour lui-même
Et pour son diadême,
Il redoute un remords, il redoute une erreur
Et il redoute enfin jusques à sa terreur.

QUESTIONS
SOCIALES ET
POLITIQUES.

Causes de ces
phénomènes
sociaux et
politiques.

Tel est le fondement de l'âpre rigorisme
Dont s'arme constamment l'anxieux despotisme.
Voilà ce qui produit ses mille restrictions,
L'entretient d'arbitraire et de prohibitions,
L'arme jusqu'à l'excès de force et de science.

L'abus des précautions, confondant sa prudence,
Fait que cet autre Icare, aux cieux peu familier,
Plutôt que de la rendre à son noble coursier,
Rompt à la fin la rêne, à force de la tendre
Et, sans guides, ne peut ensuite que descendre.
C'est que, en faisant trembler, il craint plus qu'on
                                        [ne croit,
S'épouvante de l'homme, et des Dieux, et du droit.

Voilà l'explication de ses profonds silences,
De ses épais remparts, de ses fausses balances,
De la liste sans fin de ses prescriptions
Et de tant de cachots pleins de ses proscriptions.

Que d'écarts de raison naissent des épouvantes
De faux pouvoirs cherchant comment fixer leurs tentes !
Que de sang répandu !

QUESTIONS
SOCIALES ET
POLITIQUES.

Que de penser perdu
En lutte fraticide, en civiques batailles,
Au cœur de nos foyers, autour de nos murailles !
Quel carnage d'esprits ! De livres quel brasier !

Tu crois qu'il va pâlir : il va s'extasier.
C'est alors qu'il grandit : quand tout tombe, il s'élève.
—Mais s'il tombe à son tour? —Eh! bien, il se relève.
Tout réside à ses yeux dans un droit oppresseur,
Dans un bras vigoureux, dans un frein compresseur.
Il veut, il attend tout de l'énergie extrême
Qui dresse les pouvoirs malgré tout anathême
Et pose sur le front un violent diadême.

Mais dès qu'il est assis sur son trône isolé,
Pour le salut de tous il craint d'être immolé.
Quand il rentre en lui-même et sur soi se replie,

Même sujet. Si peu qu'il y regarde, il a bientôt compris
Que tout ce qu'avant lui tout homme avait appris,
Il faudra désormais qu'il l'ignore ou l'oublie,
Désapprenant l'esprit qui porte une nation,
Désapprenant aussi la Civilisation.　　•

Là dessus il s'aveugle et tente l'impossible.
Par erreur, comme par besoin irrésistible,

La vérité sur Il tend à séparer, non sans perturbation,
le despotisme L'humanité d'avec la Civilisation.
C'est dans ce champ fécond qu'il se vautre, se rue
Et qu'à sa grande joie il passe la charrue
Pour déchirer la terre et non l'ensemencer,
Pour détruire à jamais, sans plus recommencer.

Il tend à remonter le cours des barbaries,
A disjoindre, opposer libertés et patries.

QUESTIONS
SOCIALES ET
POLITIQUES.

C'est le but qu'il poursuit, qu'atteindraient ses efforts,
S'il ne devait tomber sous la vertu des forts.
Aussi longtemps qu'au monde il restera deux pôles,
L'homme protestera contre les monopoles,
          Malgré leurs proscriptions
          Et leurs persécutions,
     Affrontant jusqu'au fanatisme
     Et bravant jusqu'au despotisme,
Pour briser tous leurs fers recourant à la mort,
Et aux cieux pour se faire un moins malheureux sort.

Ses excès au despote amènent l'impuissance.
A d'autres conditions dure toute puissance.

La vérité sur
le pouvoir.

Le vrai pouvoir, issu des populations,
Est tenu de guider une ou plusieurs nations.
Qui bien gouverne suit cette triple démarche :
Il unit, il conduit et, à toute heure, marche.
Pour pouvoir le combattre, il faut suivre, avancer :
Qu'est-ce donc le salut ? C'est toujours devancer.

Loi nouvelle
logiquement
déduite pour
les créations
à venir des
ruines du
passé.

Il faut un chef nouveau pour l'époque nouvelle
Qui prétend s'acquérir une gloire immortelle,
Un chef bien convaincu qu'on doit changer les soins
Quand la marche des temps a changé les besoins.

Il est donc sage, et grand, et digne de mémoire
De rendre aux nations, aux Français soûls de gloire
          La forte et pure liberté

QUESTIONS
SOCIALES ET
POLITIQUES.

Qu'ont promis et n'ont apporté
Ni Convention, ni Directoire,
Ni Gouvernement provisoire,
   Ni la tradition,
   Ni la révolution,
   Ni pouvoir séculaire,
   Ni pouvoir populaire.

Liberté
et monopole.

   Par nature, de soi
La liberté se contient, se limite :
Le privilège envahit en termite
   Par essence, sans loi.
  Laisse, laisse les monopoles
  Aux vains adorateurs d'idoles.
Ce qu'ils ont adoré, comme ils le brûleront !
Leur encens profané, comme ils l'abhorreront !

Oh ! retiens bien ceci : les plus grandes écoles
De vices et d'abus, ce sont les monopoles.
Tout le bien est à tous ; quand il n'est plus commun,
Ce grand être n'est plus : il n'est pas, s'il n'est un.
Je parle ici du bien moral, bien véritable,
Le juste partageux, l'égalitaire aimable.
Tout le droit du génie est peu de chose auprès
De ce droit éternel qu'on nomme le progrès
Et dont la liberté fait la grosse partie :
La gloire du génie est d'en être sortie.

Droits du
génie, du
progrès et de
la liberté.

Des pures libertés l'apport
Partout est vraiment le plus fort ;
Oui, c'est vainement qu'on le nie,
Car l'effort même du génie

N'égale point celui de tous :
    Un *moi* ne peut autant que *nous.*
Qu'il soit français, romain, de Russie ou de Grèce,
Aucun esprit humain ne vaut l'humaine espèce.

Pense du cœur de tous ce qu'a dit de l'esprit
Voltaire oubliant l'un, quand de l'autre il écrit.
Il faut qu'à mes besoins celui-là s'accommode
Qui veut de mes respects ; il les a par ce mode ;
Mais ne les obtient plus, dès qu'il me fait échec.
Je lis d'abord l'Eglise école de respect.
Je n'en marchandais pas alors les témoignages :
De sa maternité c'étaient les avantages.
Quand le cœur de la mère a ses tribulations,
Le cœur du fils répond par ses compensations.

Ecole
de respects.

Plus il veut mon hommage, et moins je veux le rendre
A qui n'en est plus digne : il lui faut le reprendre
Comme il l'avait conquis. Me serve son pouvoir,
Qu'il respecte mes droits et fasse son devoir,
Si des vénérations antiques il regrette.
Comme il me la payait, qu'il acquitte sa dette.
Tous les biens qu'il avait, c'est lui qui les perdit
Et je les lui maintins, tant qu'il me défendit.

C'est là que du respect sont encore les sources,
Qu'il devrait repuiser les plus hautes ressources.
De soi la liberté ramène l'homme au bien.
J'efferson, qui l'a dit, n'en savait il donc rien ?
Il fit de grands états, il fit de grandes choses
Que tu ne connais pas ou qu'accomplir tu n'oses.
Si tu veux le savoir, je te dirai comment :

4

Il fit aux libertés un fidèle serment.

QUESTIONS
LIBÉRALES.

Est-il dans l'univers rien de plus respectable.
Que le droit des nations, asile inviolable,
Quand son couronnement n'est rien que liberté
Et que son fondement n'est rien qu'égalité?

Tout pouvoir s'affermit en lui rendant hommage,
Et tout pouvoir s'égare en tout autre parage.
Pour la stabilité de mon gouvernement,
— Cette simple parole est vraiment remarquable, —
A dit Napoléon, je rends considérable
La part de l'élection, Donc il vit bien comment
Les larges libertés font la puissance stable.

École
de stabilités
Mieux que personne au monde il acquit ce savoir,
Devant aux libertés un immense pouvoir
Et d'immenses revers, par contre, à l'arbitraire.
Ce que l'expérience a fortement prouvé
Et ce qu'un grand génie a si bien éprouvé,
Peut-on imprudemment l'entreprendre et le faire?
Toi seule, expérience, as le droit d'asservir;
Et tous ont ce devoir : toutes nations servir.

Le sentiment d'un peuple est la saine substance
Alimentant l'état, nourrissant sa puissance.
Parfois chez lui la force est à l'état latent ;
Elle n'en est pas moins à l'état permanent.
        Qu'apprend la grande politique?
Qu'à la stabilité des institutions
La libéralité des aspirations
        Est on ne peut plus sympathique.
J'en crois Napoléon : j'ai cité le premier ;
J'aurais aussi bien pu m'inspirer du dernier

Qui, fit-il moins, fait mieux, qui sur base plus forte,
Sur plus d'un peuple ayant assis son monument,
Entend porter plus haut faîte et couronnement,
Peut, sans péril, et doit plus grande ouvrir la porte
    Aux fécondes immunités :
    A toutes pures libertés,

QUESTIONS LIBÉRALES:

Du sein des libertés émane une doctrine
Consolidant l'état plus qu'on ne l'imagine,
En exceptant, dis-tu : certaines libertés ;
En rassemblant, je dis : toutes immunites ;
Mais en les discernant d'avec les monopoles
Qui leur sont ce qu'aux Dieux sont les vaines idoles,
Ce qu'à l'esprit public est l'esprit imposé
Ici par le plus faux, là par le plus osé,
Ce que sont l'opinion et l'élection factices,
Ces produits frelatés par d'adroits artifices
    De faux théoriciens,
    De plus faux praticiens,
Aux vœux qu'une nation sincèrement formule
Et aux conditions que seule elle stipule.

Liberté sans monopole ni artifice.

On peut assurément ourdir des opinions
Et manufacturer jusque aux révolutions ;
Mais rien ne contredit à la liberté même,
S'il n'a trait qu'à l'excès et à l'abus extrême.
Le malheur veut qu'il faille en chaque institution
Pour beaucoup d'attentat beaucoup de répression.
C'est par application d'un précepte fort sage
Qu'aucun abus du droit n'en interdit l'usage.
En réfrénant l'abus, on confirme le droit.

Usage et abus du droit libéral.

QUESTIONS
LIBÉRALES.

Et tout pouvoir le peut ; je dis plus : il le doit,
Plutôt que s'armer de tout mal transitoire,
De la crise d'un jour, d'un incident sans gloire,
Contre la fondation d'un ordre régulier

Ordre
régulier.

Devant avec son droit nos droits concilier.

A séparer sans goût telle ou telle partie,
D'une belle œuvre on fait œuvre mal assortie.
Contre lui-même armer et diviser le bien,
C'est causer sa ruine : il n'en reste plus rien ;
Alors le principal tombe avec l'accessoire
Et le définitif avec le provisoire.
Quand on a droit au tout, on l'a pour une part.
A toute place forte il faut un bon rempart ;
A chaque peuple il faut ce boulevard unique
Qu'on appelle partout liberté politique,
S'il n'a que la partie, il veut le complément ;
Il le veut par besoin plus que par agrément :
Le rempart n'est-il rien au salut ? Pour sa perte,

Liberté
politique.

Faut-il donc que toujours la place soit ouverte ?

Il faut à tous les monuments,
Surtout à ceux de notre temps,
A la fin leurs couronnements ?
Leur convient-il, avant d'être armés de leurs faîtes,
D'affronter, le front nu, les vents et les tempêtes ?
Pour résister aux chocs auxquels on les soumet,
Ce n'est certes pas trop qu'une base, un sommet,
Sans nul contre-fort politique,
Nul support aristocratique.
L'édifice décapité
Offre-t-il la sécurité ?

Des biens la garantie est aussi nécèssaire
Que tout le bien que cède ou retient l'arbitraire.
    Rien n'est mieux constitutionnel
    Que cet article additionnel.
Quand on a seulement la liberté privée,
Elle en est affermie, elle en est avivée.

QUESTIONS
LIBÉRALES.

Pour obtenir ce bien exquis, essentiel,
La France a des garants le plus officiel ;
Celui qui le promit avec noble simplesse
Entendit le donner avec grande largesse.
Un peuple doit attendre et savoir espérer ;
Le vrai pouvoir ne fait jamais désespérer :
Avec quelques primeurs il nourrit l'espérance
Et quand les fruits sont mûrs, apporte l'abondance.

Un peuple et
le vrai
pouvoir.

Mais on récolte peu, quand on a peu planté ;
L'on ne cueille à pleins bras qu'en la saison d'été,
Quand on a largement fécondé la semence
Par beaucoup de labeur et de persévérance.

    Un peuple a beaucoup travaillé,
    Peut-être encor plus bataillé,
    Afin d'épandre dans le monde
    La semence la plus féconde.

La
révolution
française
dans ses
penchants.

Notre révolution recélait en son sein
Deux instincts fort divers pour un même dessein :
Celui qui la poussa dès l'abord à détruire,
Celui qui de nos jours la porte à reconstruire.
    Tantôt réorganisation
    Et tantôt désagrégation,

QUESTIONS
LIBÉRALES.

Là délivrance.
Ici vengeance,
C'est du fond de sa nuit qu'elle évoque son jour,
En s'enivrant de haine, en s'inspirant d'amour ;
C'est de son cimetière
Que jaillit sa lumière
Et ses flambeaux
De ses tombeaux.

La
révolution
française
dans son but
Mais elle n'a qu'un juge élu par elle-même
Et rendant sans appel sa décision suprême :
Le progrès. Son vrai but est le mieux général
Découlant forcément de tout progrès moral
Et en même temps libéral.
Sa raison d'être est là ; je comprends qu'on l'accuse :
L'excès du mal la fit, l'amour du bien l'excuse.
De prime abord nécessité,
Elle est ensuite humanité.

Tels sont les fruits, tel est aussi bien l'arbre.
L'on ne doit point par vaine ostentation
Vouloir graver tous ses faits sur le marbre,
Exagérer sa glorification,
Cacher de ses actions la part répréhensible,
Dont le sage examen ne peut être nuisible.
Mais ne vaut-il pas mieux cent fois utiliser
De si virils efforts, que de stériliser
Tant de courage
Et de carnage,
De dissensions
Et de science,

De proscriptions
Et d'éloquence,
De sublimes débats
Et d'immortels combats,
Les mille traits d'audace
D'une énergique race,
Titanesque dans ses fureurs,
Athénienne en ses douceurs,
Se grandissant par ses batailles,
Se déchirant jusqu'aux entrailles,
Allumant à la fois et torches et flambeaux,
Pour brûler, puis briller autour de ses drapeaux,
Les portant jusqu'au fond des lointaines provinces,
Illuminant l'Europe et déposant ses princes ?

Le premier comptenteur de la révolution
S'enhardit à fixer l'œil en feu du lion,
Qui réprimait alors en tout homme l'audace,
Pour si puissant qu'il fût, de le braver en face,
Ce lutteur, attardé dans le vieux Mirabeau,
Se posait en dompteur un pied dans le tombeau,
Qu'avait creusé déjà le lion par avance
Pour ce grand Attila de la mâle éloquence.

Un fou veut atteler au char d'or du soleil
Ce lion, dont chacun redoute le réveil.
Crains aussi ce lion qu'aucune main n'égorge :
Si tu veux le compter, il t'étreindra la gorge,
Danton ; c'est beaucoup mieux de savoir le dresser
Que vouloir l'asservir ou bien le caresser.
Ce fou, c'était Danton, de titanesque race,

QUESTIONS
LIBÉRALES

La
révolution
française
dans
ses actes.

La
révolution
française
dans ses
actes et ses
enseigne-
ments.

Incapable d'unir la sagesse à l'audace.
Funeste inspirateur de dominations
Et faux révélateur de perturbations,
Il eut à maints pays apporté l'incendie,
Au lieu de libertés l'aveugle soumission,
Toutes dévastations, la gloire qui mendie
A l'homme, à l'univers leur vaine admiration.
De l'audace, dit-il, puis encor de l'audace.

Qu'est Danton ? Précurseur d'une fatale race :
         Celle des conquérants,
            De tous ces hommes grands
      Qui rêvent d'être de grands princes,
      Sont partageux de nos provinces,
      Puis rois, césars, czars, empereurs,
      Sur tout homme dominateurs,
Qu'il soit grand par esprit, de chair, ou de matière,
      Puis du ciel des envahisseurs,
Que tout homme supplie, et adore, et révère ;
      Et puis pour eux toutes grandeurs,
      Cumul et comble des honneurs :
            Et race de lions,
            Et races de pontifes
Ensanglantant leurs griffes
            Au flanc des nations.

C'est à s'humilier, à se voiler la face,
Impérieux Danton, quand on est de ta race
Surchargeant l'univers de durs dominateurs;
Alors qu'il lui faudrait de nobles serviteurs,
      Qui ravage et qui brille,

Qui rançonne et qui pille,
Prend tout à la nation qui l'a le mieux servie
Et frappe du talon sur sa nuque asservie.

Plus fou peut-être encor, Camille Desmoulins
Dans ses flots d'encre entend retremper nos destins.
A toutes libertés le fatal Robespière
Offre, au lieu d'un palais, un vaste cimetière.
Où, de par la Terreur, seront ensevelis
Les amis des beaux arts, des franchises, des lis,
Ralliés dans la mort par leurs sorts implacables,
Les montrant à la fois si grands, si misérables :
Ici Guadet, Vergniaud, ces brillants Girondins,
Ces éloquents martyrs de troubles intestins,
Ce jeune Grec, Chénier, cet immortel génie
Versant la veille encor des torrents d'harmonie
Sur de vils instruments de civiques fureurs,
Sur de lâches bourreaux mainteneurs des terreurs,
Là, la reine criant : ne viens pas, ma Lamballe,
Ne viens pas, car d'effroi je suis tremblante et pâle ; Même sujet.
J'ai fait un rêve affreux, fatidique, sanglant :
J'ai vu ton roi martyr sur l'échafaud fumant ;
Ne viens pas, entends-tu? Le malheur est prophète!
Ne viens pas, car la hache à te frapper s'apprête.
N'approche point la hache : elle t'attirera
Et du sang le plus pur, folle, s'enivrera.
Il est pour le bourreau de meurtrières fêtes,
Quand il sent à ses pieds rouler de nobles têtes :
Ne pouvant ni grandir, ni plus bas s'affaisser,
Il est ravi s'il peut les plus grands rabaisser.
Vengeresse inspirée, une Judith moderne

Tord dans sa main sanglante un reste d'Holoferne,
Crut prendre un bain de vie en un assassinat,
Quand la mort qui la suit surprit au bain Marat.

    Sainte, atroce et belle Bacchante,
    De fureur, de vertu fumante
    Dans l'espoir d'ennoblir sa main
    A verser un sang inhumain,
    Quelle belle expression vivante !
    Quelle horrible image parlante
De la révolution violentant ses desseins,
Qui, comme elle, de sang gorge ses mâles seins :
    Plus sainte encore et plus Bacchante,
    Sublime de foi, palpitante,
Avide à voir des chefs séparés de leurs troncs
Par l'échafaud, le glaive, ou par mille canons ;
    Et d'un grand duel fratricide,
    Insciemment liberticide,
Versant dans nos foyers de peur, d'horreur glacés
Les flots de sang tout chaud encore ineffacés !

Comment as-tu compris des libertés l'absence,
Alors que tant de cœurs aspiraient leur présence ?

La
révolution
française
dans ses
ensei-
gnements et
ses con-
séquences.

Il suffit que l'effort cesse d'être moral
Pour que le résultat devienne illibéral ;
Mais sitôt que l'effort immoral cesse d'être,
La liberté renait, le droit redevient maître.

Pour cet accès de gloire et cet abus de sang
Chez le Franc se dressant comme un nouveau géant,
Quel sera le salaire ? Ah ! ne dis pas : néant ;
Il faut être à l'honneur, quand on fut à la peine ;
Le sacrifice sert, l'immolation n'est vaine :

Tout holocauste est productif
Et tout martyre lucratif.
  Il faut quelque espérnace,
  Il faut quelque lueur
  Et pour tant de sueur
  Et pour tant de vaillance.
Beau moyen vraiment d'exciter
Qui pourrait en bien imiter,
S'il ne voit partout qu'un suaire
Pour lugubre et commun salaire !

QUESTIONS
LIBÉRALES.

Le prix du
sang des
martyrs de
la liberté.

Réglons, dit l'équipage, en rentrant dans les ports,
Aux prix et conditions qui forment nos accords.

Que vaut le sang fécond d'une telle cohorte?
Le prix de tant de sang est une gloire forte,
La palme du martyre et de l'humanité :
Le règne de la paix et de la liberté.

La voix des nations crie et sa mâle éloquence
Ramena de tout temps l'homme à résipiscence.
Le sang libéral crie et, s'il s'était mépris,
L'esprit divin ému s'en trouverait repris.

    Ni plus, ni moins heureuse
    Que la foi religieuse,
Notre foi dut avoir de généreux martyrs,
Palpiter de leur sang, vivre de leurs soupirs.
Gardez-vous d'en douter : la grandeur du martyre
Mesure exactement la grandeur de l'empire.
Quelle que soit la cime où s'élève la foi,
D'un peuple jusque là s'élèvera la loi.

QUESTIONS
LIBÉRALES.

Soit qu'il s'agisse ou non d'une foi libérale,
Mais à la condition qu'elle sera morale ;
Et toute foi quelconque est telle ou le devient,
Alors que tout un peuple en vit et l'entretient.

    Le droit, la garantie
    D'aucune dynastie
N'enlèvent rien aux droits d'aussi vaillants soldats,
D'aussi grands citoyens, la force des états.
    Faudrait-il que la dynastie
    A son tour redevint l'hostie ?

Le vrai
pouvoir.

Non pas ; mais fallût-il qu'à son très haut devoir
Elle sacrifiât quelque part du pouvoir,
Il serait de son goût et de sa politique,
Ce nouveau trait d'amour pour la chose publique.

Ce que l'on vit hier, on le verrait demain :
La veille se ressemble avec le lendemain
Chez le chef acclamé d'un grand et fort empire
Qui veut qu'en ses états librement on respire.
Ayant mis le progrès dans sa constitution,
Des libertés viendra sous peu la fondation.

Paris, Rome,
Naples.

    Paris qui bien conseille Rome
    Et, sans trop de façons, la somme
    De bientôt libéraliser,
    Peut-il, lui, s'immobiliser
A ce point que demain un simple lazzarone
Eût le droit de s'offrir comme son cicérone
    En matière de libertés,
    De franchises, d'immunités ?
De Paris je n'attends rien de pareil sans doute ;
Mais il est deux périls que plutôt je redoute :

Ici la fausseté, là l'ardeur des débats,
Egalant, surpassant l'art, l'ardeur des combats.

Ce sont les passions des grandes assemblées
Qui font les orateurs : je n'en disconviens pas ;
Mais quelquefois l'émeute en emboîte le pas.
Ni dedans ni dehors d'irritantes mêlées.
Parlez sur toute chose avec élévation :
Vous parlerez toujours avec modération.
Qu'offrent-ils de commun avec la violence,
Les discours apaisés de la froide science,
Les discours apaiseurs faits par la conscience ?

Débats
politiques.

Vous qui reprenez tant la presse en ses ardeurs,
N'allez pas lui donner l'exemple des clameurs.

   Que nul carnaval politique
   Pour aucune adresse publique
   Ne fasse suite au mot impérieux
   Ni préambule aux mots obséquieux,
   Au long carême du silence,
   Des franchises à l'abstinence.

Le trait du politique est la modération :
Il fit grand Montesquieu, fait grand Napoléon ;
Il grandit Charlemagne, et grandit sa nation.

   Jamais ne seront fructueuses
   Les discussions tumultueuses.

La tolérance rend les destins bien plus doux

Modération,
tolérance
politiques.

Au sein des nations, comme au cœur des époux.
Cette vertu-là sauve et doucement protège
Ceux que le fanatisme eût perdus sans retour.
Qu'est-ce donc tolérance ? Emanation d'amour.
Le fardeau du pouvoir ! Qui plus qu'elle l'allège ?

QUESTIONS
LIBÉRALES.

La violence oratoire et les agitations
Amènent à la longue émeute ou réactions ;
Chez toute foule ardente et superficielle,

Violence
oratoire.

L'incendie est possible avec une étincelle.
Pour manufacturer des révolutions,
Qu'a-t-il fallu de plus que ces deux conditions :
Les excès imprudents de violentes paroles
Et les abus criants de divers monopoles ?

Si l'on ne veut déchoir comme en quatre vingt-neuf
Jusques à la Terreur, il faut faire du neuf.
Que fût la liberté naguère ? Art de détruire ;
Elle était fausse alors : la vraie est à construire.
Mais il est pour détruire un art prodigieux
Qui chaque jour progresse et monte jusque aux cieux.
Il nous lie au passé, comme on lie à sa chaîne
Un dangereux forçat, par sa ruse et sa haine.
On pourrait le nommer l'art de l'ambition
Porté par ton savoir jusqu'à sa perfection.

Mauvais
esprit
révolu-
tionnaire.

Toute révolution évoque deux génies,
Dont un lutte ardemment contre les harmonies
De la société, de la religion ;
C'est là l'esprit mauvais de la révolution.
Il vit d'agitations, comme il vit d'artifices,
S'attaque imprudemment aux plus grands édifices
        Et à force de disloquer
        Espère se bien colloquer.
En descendant au fond, l'on trouve sa tactique.

Mais regarde plus haut, dans le ciel politique,
Ce noir nuage épais, affaissant l'horizon,
Menaçant monuments et toute humble maison :
Déjà brille l'éc'air précurseur de la foudre,
Qui doit aller sous peu jeter flamme sur poudre,
   Avec tout le fracas
   Qu'on sait en pareil cas,
Au sein de cœurs ardents, matière combustible
Qui rendra l'incendie affreux inextinguible,
Nous faudra-t-il penser que chargé d'ans et vieux
Tout monde souffre plus encor des ambit eux ?
 En est-il donc du monde politique
 Absolument comme du catholique ?
L'homme pâtira-t-il là haut par de faux Dieux,
Ici bas encor plus par d'autres orgueilleux ?
Son être est-il si peu qu'ainsi tu le ballottes,
Tout accablé de fers, tout chargé de menottes ?

QUESTIONS
LIBÉRALES

L'humanité faisant une révolution
Se revanche à bon droit contre tant d'ambition ;
C'était l'avis de Goëthe, et Goëthe avait raison :
Une révolution est un mal nécessaire,
En tout, lorsque à grands flots déborde, l'arbitraire,
Modérez donc enfin vos aspirations,
Vous, qui vous partagez les dominations
Et plus encor vous tous, qui les avez perdues,
En laissant l'anarchie aux nations éperdues.
Pour vous en aucun temps ne garderez-vous rien
De ces grands freins moraux que vous offrez si bien
  A toute humaine créature
  Pour fonder toute dictature ?

Ambitions et
révolutions.

QUESTIONS
POLITIQUES. Quand verrons-nous la fin de vos agitations ?
Assignez donc un terme à vos compétitions :
Cessez de déchirer l'empire,
Vous que l'ambition seule inspire.

Les guerres, dites-vous, sont des diversions :
Ne les provoquez pas par des dissensions.
La guerre est le salut d'un peuple qu'assassine,
Que doit anéantir l'anarchie intestine ;
On sauverait de grands, de désunis Etats,

Guerres
nationales
et guerres
civiles. En portant au dehors leurs intestins combats.
Au temple de Janus quand rentrent nos cohortes,
Ce qu'il faut y fermer, ce sont surtout les portes
Des haines et guerres civiles,
Si peu nobles, si mal viriles.

NOus les demandons tous, ces conciliations.
Chef-d'œuvres immortels des pures religions :
Il les faut à Paris autant ou plus qu'à Rome
Conciliations
libérales
patriotiques
et
religieuses. Et la France à son tour les revendique, comme
Les réclame ardemment la nouvelle Italie
Et tout pays où l'on maudit cette folie
D'exploiter, d'agiter, d'asservir sa patrie.

La liberté qui fonde est une religion :
Comme fit la chrétienne association,
Oui, pour fonder, il faut avant tout qu'elle lie
Et, pour consolider, il faut qu'elle relie.

Qu'est-ce qui donnera le pouvoir de lier ?
Qu'est-ce qui fournira celui de relier ?
Ce seront, nous dis-tu, les œuvres de science :

Ce seront, je redis, celles de conscience.
De tous humains appuis quel est donc le meilleur?
Le seul durable et sûr? Le for intérieur.

Il est humain, te dis-je, et divin tout ensemble ;
Avec lui tout s'unit, à perfection s'assemble,
Le devoir, le pouvoir avec la liberté,
Les lois, les droits, les Dieux avec l'humanité.
C'est là, bien plus qu'ailleurs, qu'est force, qu'est
                              [lumière,
Pour vaincre le désordre et aussi l'arbitraire;
Car lui seul affranchit de toutes corruptions
Et relève au dessus des fausses ambitions.

Le fonds du citoyen, est-ce donc la science?
Son vrai fonds fut toujours, est encor conscience :
          La conscience sait lier
      Et, quand il le faut, relier
          Et l'ordre politique
          Et l'ordre économique,
Tous les mondes : civil, moral et religieux,
Au plus bas sur la terre, au plus haut dans les cieux.
          Voilà ce qui vraiment résiste ;
          Voilà ce qui toujours persiste.

          Lorsque une classe s'amoindrit,
          Le peuple s'élève; il grandit
              En influence,
              Comme en puissance,
              Comme en franchises.
          Il arrive quand elle part

5

QUESTIONS
SOCIALES.
Pour prendre du pouvoir sa part
Ou pour raffermir ses assises.

Alors plus que jamais du problème moral
Dépend intimement tout l'ordre social,
La liberté comprise ; alors lui vient l'épreuve :
De son mérite il faut qu'elle fasse la preuve.

Autres temps, autres biens ; autres temps, autres Dieux :
Ce fut hier le bien religieux,
Divers biens
et le bien. C'est aujourd'hui le bien économique
Et demain ce sera le vrai bien politique.
Marche, en goûtant ces fruits, au but plus glorieux :
Le bien-être, c'est bien ; le bien, c'est encor mieux.

Avec tes jouissances
On fait des envieux :
L'on ne fait des heureux
Qu'avec mes récompenses.

Inspiré de l'Amour qui domine partout,
Toujours libre et toujours captif, le cœur est tout.
Il fait l'alliance
De toute puissance
Avec la grandeur ;
Et de l'indigence
Avec l'espérance,
Avec le bonheur ;
Cœur
humain. De l'art, de la science,
Où l'homme se dépense
A grands flots chaque jour,
Avec l'âme et l'amour ;
Comme de l'ordre stable

Avec la véritable
Et sainte Liberté,
Fille de l'unité.

Aime donc avec prudence
Toute noble indépendance,
Cette dignité du cœur,
Qui seul rend l'homme vainqueur
Dans la lutte terrestre
Et la joûte céleste
Où tout l'effort de ce lion
Sert à la Civilisation.

Cœur
humain.

Par l'Amour n'est-elle puissante,
L'âme libre, ferme et vaillante,
Bravant force et pouvoir,
Martyre du devoir,
Qui donne sa vie,
Abandonne tous biens
Pour le salut des siens
Ou de sa patrie ?

N'a-t-elle point conquis, par l'Amour, la Beauté,
Eternelle et toujours aimable déité ?
Le beau dans l'art me plait; j'aime ce qui me touche,
Quand du clavier de l'âme on frappe quelque touche.
De ce qui ne dit rien à l'âme, rien au cœur,
Nous laisse ou nous rend froids, délivre nous, ma sœur.

Plus de morale vraisemblance
Que de physique ressemblance,
Immensité
Et unité

Avec ces multiples franchises
Qui n'ébranlent point leurs assises,
Splendide vérité,
Intensité de vie,
Puissance d'harmonie,
De la beauté, de l'art, voilà les grands côtés
Qu'on peut grandir encor par quelques libertés.

Or tels ils sont dans l'art, tels ils sont dans l'amour,
Et tout l'art d'Aristote en Platon vit le jour.
Le maître avait vécu la poésie antique :
Le disciple ne fit dans une poétique,
Dans un grand monument, chef-d'œuvre d'art païen
Qui n'a point son pendant en ce monde chrétien,
Que rendre trait pour trait une philosophie
Qui fut et qui vécut puissante poésie.

Elle présente encore, étant de tous les temps,
Au monde, comme à l'art, un éternel printemps.
Elle est ce qu'elle fut : elle est vie et lumière,

L'un des foyers auxquels toute époque s'éclaire.
Le monde est composé de devoirs éternels,
Aussi bien que de droits communs, universels,
Membres d'un corps, d'un tout parties,
Du beau sein de l'Amour sorties.
Si dans le cours des temps un grand esprit parait
Qui de ces membres-là fasse un corps plus parfait,
Dans ce nouvel être
Vois le nouveau maître.
Dans le sens le meilleur et le plus surhumain,

Platon fut un maître divin ;
Il sema dans les cœurs les meilleures doctrines
Et sut tout embellir, jusqu'aux choses divines.
  Homme d'état, législateur,
  Platon ne fut ni l'un ni l'autre ;
  C'est un puissant libérateur,
Du progrès, après Christ, c'est le premier apôtre.
  Ce fut un vrai réformateur,
  Ce fut un grand révélateur.

Il n'a pas seulement révélé que lui-même,
Comme tel autre esprit qu'on fait trop grand, suprême ;
Il nous a révélé nos glorieuses fins
Et s'est fait l'artisan de nos propres destins,
  Non pas celui de sa fortune,
  Non plus celui de son pouvoir,
  Mais bien celui de ce devoir
  Qui plus d'une fois importune.

Qualifié divin, oui, son nom sans égal
Est l'emblême sacré d'un grand pouvoir moral.
  De tout temps ce problème a lieu :
  Comment faut-il donc qu'on le nomme ?
  Est-ce Dieu ? Lui, que l'on sait homme ;
  Est-ce homme ? Lui, que l'on sent Dieu.

Elle n'a pas de fonds, la grandeur solitaire :
Le droit d'un seul n'est point ; oui, c'est de l'arbitraire.
Un juste esprit doit voir, mesurer sa hauteur,
Mais n'a pas le pouvoir d'en faire une grandeur.
La réelle grandeur provient de grands services,
Du mérite éminent, prodigue en bons offices,

QUESTIONS
D'ART
ET DE POÉSIE.

Bonne
philosophie
Belle poésie

Art
puissance
civilisatrice

En saines libéralités,
Ou mainteneur des libertés :
Tout autre est l'hyperbole
D'un puissant monopole.
Oui, c'est une question depuis longtemps vidée :
De la commune idée
Les serviteurs armés
Doivent céder le pas aux serviteurs aimés ;
Que faudrait-il le moins admirer dans le monde ?
Du sabre le plus fort
Qui jamais rien ne fonde,
Stérilise l'effort,
L'éternelle impuissance :

L'épée
et la pensée

Qu'y faudrait-il le plus admirer ? La puissance,
L'effort toujours vainqueur
De l'esprit et du cœur.
Si haut qu'il soit porté, si fort qu'il soit, l'épée
Ne peut jamais primer une arme mieux trempée :
La pensée,
Ni le droit souverain des pures libertés,
Ni des chefs-d'œuvre d'art les sublimes beautés.

L'art concentre en ses mains l'ensemble des actions
Fortes, douces, tendres, cruelles

Art.

Qui, créant toutes émotions,
Lui servent à dompter toutes âmes rebelles.
Chez lui beaucoup d'action, et toujours de l'action,
Tel est de Démosthène, en un mot, l'opinion.
C'est ainsi que les cœurs il broie
Et de nos âmes fait sa proie,
Ce lutteur,

Ce dompteur,
Cet art toujours le maître, ou toujours le vainqueur,
Qui traverse l'esprit pour aller mordre au cœur.

Rarement l'art étonne, il nous charme sans cesse ;
Il ne travaille pas, mais son œuvre il caresse.
  Du puissant clavier des passions
  Il connaît les modulations :
  Le cœur qui sait les faire entendre
  Sait aussi les lui faire rendre
   Sur un autre instrument :
   Sa langue universelle,
Tour-à-tour si flexible, et si forte, et si belle.

Art.

Qui dit art pour toi dit : un miroir de cristal,
Froid, exact, inflexible, un miroir tout brutal ;
Mais, dis, s'arrête-t-il tout court à reproduire ?
N'a-t-il pas à créer ? N'a-t-il pas à produire ?
A tirer du néant son œuvre tout entier ?
Encore bien faut-il qu'il sache édifier,
S'il trouve par hazard tous les matériaux.
Ne doit-il pas entre eux faire choix des plus beaux,
Des meilleurs, de tous ceux qui vont bien au mérite
Propre et particulier à l'œuvre qu'il médite ?
Le rôle du miroir serait insuffisant :
Il faut un être actif, créant, organisant.
L'art est plus qu'un miroir ; c'est un généreux maître
Qui prodigue sa vie à nous faire connaître
  Un riche et splendide lambeau
Du divin idéal qui brille en son cerveau,
   Fait aimer quelque chose
   Quand il ne prouve rien

Et par toute agréable glose
Fait ainsi quelque bien ;
    Étonnant cœur de proie,
    Pillant en toute voie
Pour pouvoir créer œuvre, ou mieux être d'amour,
A qui de ces emprunts forcés il fait atour ;
    Egorgeant ceux qu'il pille,
    Echauffant dès qu'il brille,

Art. Que dirige le tact et que fixe le goût,
Qui vite sent et bat, souffre ou jouit de tout ;
Jardinier inspiré de tous jardins d'Armide,
De foi, d'émotion et d'intérêt avide,
Echo vibrant encor du lointain infini,
Echo vivant, ému, palpitant du fini,
    Qui là bas chante et crie,
    Qui là haut pleure et prie ;
    Restituant la vie en son entier
    Avec sa flamme et son divin foyer ;
        Imitant des abeilles
        Les travaux et les veilles :
    Tantôt nourri de leur doux miel,
    Tantôt, de la manne du ciel.

Le comble du goût, c'est les exquises simplesses
Et le comble de l'art: les plus simples grandesses,
Soit cette immense base : universalité,
Soit cette haute cime : harmonie, unité.
Pour revoir ces grands ports, choisis un bon pilote :
Le poète Platon, le savant Aristote ;
Avec l'un luit l'aurore, avec l'autre le jour ;
L'un est tout harmonie, et l'autre tout amour.

Dans tout œuvre Pascal voulait trouver un homme.
Dans la sienne on peut voir de tous humains la somme;
Mais à côté de l'homme et, sans trop le savoir,
    En l'ignorant peut-être,
    Il mit le Dieu son maitre,
Sous l'inspiration unique du devoir.
A ce criterium certain, l'œuvre est bien faite
Qui nous montre vivants en union parfaite,
Lumineux, rayonnants dans le vaste milieu
D'un seul cœur, d'un seul être, et un homme et son Dieu.

Dans cet art, dont le rôle a beaucoup d'importance,
De civilisation merveilleuse puissance
Par la saine vertu de l'inspiration
    Qui crée encore et qui féconde
    Quand même une révolution
    Ebranle, renverse et inonde,
Vois un être complet, passionné, passionnant,
    Mais aimé, mais aimant
    Et toujours se donnant.

Art.

L'art, chez les nations, quel beau signe de vie !
A la sainte union les peuples il convie,
    Précurseur de l'humanité
    Dans sa marche vers l'unité,
    Communion par harmonie,
    Par mise en commun du génie,
Par l'incessante action d'un tout-puissant moteur :
L'échange des pensers et des choses de cœur.

    De tous les cultes ennemie,
Trop souvent incrédule à l'art, à la beauté.

Tu lèses la Divinité
Et le véritable génie,
Qui de la grandeur voit la plus haute des marques.

Quel est donc à tes yeux
Le plus grand des monarques
Et le plus grand des Dieux ?
Sinon celui d'entre eux
Qui, dans l'ordre divin des choses sociales,

Royaume divin. Sait le plus assembler, organiser le mieux
La force politique et les forces morales ?

C'est vrai dans l'ordre humain
Et dans l'ordre divin.
Si l'un te blesse ou t'importune,
Choisis entre eux :
Je prends les deux,
Deux sûretés valent mieux qu'une.

Science.

Le savoir te suffit
Et remplit ton esprit.
Qu'est-il ? Nomenclature,
Classification
Et surtout abstraction.
C'est beau, c'est grand pour toi ; mais pour la créature
Aimante et immortelle, est-ce bien suffisant ?
Est-ce fort attrayant ?

Monde matériel. Pour toi, de la science émane un nouveau monde,
Que ton esprit créa, que ton esprit féconde,
Un monde merveilleux, quoique matériel ;
Pour elle, c'est l'exil : sa patrie est au ciel.
De plus, c'est un chaos dit ordre économique.

Que fait ta mécanique ?
Elle fait du coton
Et des pauvres, dit-on.
Le coton seul lui manque, la misère
Est plus fidèle et ne lui manque guère.
Ce n'est pas là, dis-tu fort bien, l'état normal :
Mais ce fut général, encore qu'anormal.

QUESTIONS
D'ÉCONOMIE
POLITIQUE.

Mécanique.

Ta chère politique
Avec des révolutions
Satisfait des ambitions.
La politique,
De son aveu,
A tous indique
Trop et trop peu :
Trop de son intérêt la face variable
Et trop peu du devoir la figure immuable.
Trop souvent sa devise
Est celle-ci : divise,
Car ce qui nous unit en devient immortel
Et ce qui nous divise est constamment mortel.
Enfin plus elle entraîne
Et plus elle déchaîne.
De là tantôt ébranlement
Et tantôt bouleversement.

Politique.

L'industrie est-elle morale ?
Qui ferme sa porte brutale
Aux tendresses sans fard,
Aux pures fleurs de l'art,
Réduit tout à l'utile,
Repoussant tout bras inutile,

Industrie.

QUESTIONS
D'ÉCONOMIE
POLITIQUE.

N'en acceptant aucun qu'au plus bas prix offert,
S'armant d'un cœur d'acier, d'une tête de fer
       Pour ses travaux d'hercule
       Où la règle est férule,
     Où la famille et le devoir
     Ont tous les deux pour repoussoir
     En bas la hideuse misère,
     En haut la passion aurifère,
     Dont le sang qui s'enflamme et bout
     Ne se fait faute d'oser tout,
       Même d'entreprendre

Industrie.

       De beaucoup reprendre
     Au travail qui tout a donné
     Et, plus encore, a pardonné
       Même ses convoitises
       Et jusqu'à ses surprises.

Crédit.

        Qu'est-ce qu'on dit
        De ton crédit ?
      D'un côté, l'aventure
      Et, de l'autre, l'usure.

**Loyer
de l'argent.**

Le pire de ces jeux n'est pas celui qu'on croit.
Il n'est pas aussi bon, du capital le croît
Illimité, sans frein, que plus d'un l'imagine :
Quand manque la soupape, éclate la machine,
     Tout économique progrès
Veut que baisse toujours le taux des intérêts.
Le métal monnayé n'est plus la marchandise
Dont il devient le signe : on fausse sa devise ;
Il n'est plus que monnaie, et n'est pas productif.
D'Aristote l'esprit immense et instructif,

Illustre politique
Excellemment pratique,
Le vit ainsi,
Le Christ aussi.

QUESTIONS
D'ÉCONOMIE
POLITIQUE.

Toi qui lis cette page, arrête et ne passe outre
Sans la relire encore et voir la grosse poutre,
Dans l'œil contemporain, dans le nôtre et le tien,
Qui peut faire crouler tout l'univers chretien.
    Voir une erreur aussi fatale,
    Dont rien la gravité n'égale
    Dans le monde matériel;
    C'est tout-à-fait essentiel.
De l'or et de l'argent faire des marchandises,
C'est vouloir d'un état ébranler les assises ;
Faire de ces métaux grande concentration,
En tout subordonnant à leur domination,
De souffrance et de crise est faire provision.

L'or
et l'argent
sont-ils des
marchandi-
ses ?

    Vois la plus dure des écoles
    Dans tous financiers monopoles.
Pour sauver le crédit, faut-il centraliser ?
Le salut du crédit est décentraliser.
La base que tu rends au monde politique,
Il faut aussi la rendre au monde économique,
Dont la réforme en haut veut de rudes combats,
Qu'on ne pourra gagner qu'en s'appuyant en bas.
Le croît sans frein de l'or est chose condamnable ;
Sa force, sa maîtrise est la plus redoutable.

Centralisa-
tion du crédit
monopole
financier.

Il faudra remonter les derniers échelons
Pour pouvoir attaquer ses dominations.

QUESTIONS
D'ÉCONOMIE
POLITIQUE.
Ainsi doit commencer toute sage réforme :
Ce sont des illusions, les plus grands vœux qu'on forme.
Les maîtres les plus durs, les moindres serviteurs,
Des métaux précieux ce sont les manieurs.

La puissance de l'or est de toutes la pire :
Elle ne peut fonder, ni raffermir l'empire.
Le sien est faux : j'entends le règne des oisifs
Et du luxe effréné, tous fléaux abusifs,
           Par excès de misère,
           Par comble d'arbitraire
Fort capables d'ouvrir d'autres révolutions,
Fruits amers de ces trois funestes oppressions.

Quel accaparement est-il donc salutaire,
Que celui de l'argent soit discrétionnaire ?
Tout est dans les produits et dans les producteurs,
Te dis-je, ou bien peu sont et l'or et les valeurs.
Refuser au produit ce qu'on accorde au signe !
Aux grands labeurs humains c'est injustice insigne ;
Accapare-
ment permis
en banque,
interdit dans
le commerce.C'est mettre la matière au dessus de l'esprit.
La copie est alors dessus le manuscrit,
L'homme non seulement au dessous de la brute,
Mais encore au dessous de la matière brute,
Déposé comme roi de la création,
Mis sous sa dépendance et sa domination.

Cette humiliation est-elle salutaire ?
Ou tant de déchéance est-elle nécessaire ?

En prononçant avec grande fierté
Un très grand mot, celui de liberté,

Tu demandes un bien, le bien économique,
Que tu ne disjoints pas d'avec ta politique.
Ce n'est pas un bien creux, c'est un bien effectif ;
Ce n'est pas un vain mot, c'est un mot productif.

*QUESTIONS
D'ÉCONOMIE
POLITIQUE.*

« N'ayez rien de commun avec le monopôle »,
Répond la liberté, qui du droit est l'école,
Qui ne s'entretient pas seulement de pouvoirs,
Mais aussi bien de droits, encor plus de devoirs.
La hausse de l'escompte est pour la dictature
Du monde économique une terrible armure :
Le croît sans frein de l'or fera ses anarchies,
Et tu perdras par eux les biens des monarchies,
Ensemble les bienfaits des larges libertés
Qui ne s'étendent pas à toutes facultés.
La liberté ne mord aux fruits du privilège ;
De toute arme, pesante elle souffre et s'allège
Et, donnant aux vrais biens toutes facilité,
D'aucun mal sérieux n'ouvre la faculté.

**Taux arbi-
traire de
l'escompte.**

> Toute puissance qu'elle livre
> N'est que puissance qui délivre.

La hausse de l'escompte est une faculté,
Mais il ne faut y voir aucune liberté.
Le croît sans frein de l'or ne vaut pas davantage.
Ce n'est pas le vrai droit, c'est un méchant usage,
Qui jamais du public ne tourne à l'avantage.
De l'esprit libéral fais une vérité :
Son véritable fonds est libéralité
Et ne doit jamais rompre avec l'égalité,

**Taux illimité
du loyer
de l'argent.**

QUESTIONS
D'ÉCONOMIE
POLITIQUE.

L'extension des pouvoirs a pu parfois répondre
A la liberté ; mais ne va pas les confondre.
Avec l'une l'on fait souvent un dictateur :
L'autre est un large esprit, toujours libérateur.
Tous pouvoirs excessifs au sein des monarchies
Sont-ils des libertés? Ce ne sont qu'anarchies.
Le régime qui fut bien nommé : la Terreur,
Etait-il liberté? Ce n'était que fureur.
Extension du pouvoir : germe de despotisme ;
Extension du devoir : fleur de libéralisme.
Du germe sans la fleur naît la domination,
Mais la fleur sans le germe est moralisation.

De la spéculation ce n'est point là la vie ;
    C'est une double maladie
Que ces jeux effrénés, gros d'inconvénient,
Frappant sur le papier ou portant sur l'argent.
Spéculation. De son tas de papiers fictifs je me défie ;
    Il est temps et grand temps qu'elle les modifie.
L'on connaît ses effets sur l'or et le papier,
. Qu'il faudrait constamment au pair négocier ;
        Et dont l'un se raréfie,
        Dont l'autre se déprécie.

La spéculation vaut comme un aiguillon
Pour toute activité, pour toute production,
Lorsque sur des produits réels elle s'exerce,
Se livre à leur échange ou fait du vrai commerce.
        L'école promet mieux ;
        Mais le mal déjà vieux
    De la crise fut assez grave :

.   Je crains que plus tard il s'aggrave.

L'on y sait, il est vrai, deux remèdes vainqueurs :

Abaisser l'intérêt, ou relever les cœurs.

L'économie, un jour, plus et mieux sociale,

Sur ce point se fera l'écho de ma morale,

Qui, frappant l'égoïsme et dominant l'attrait

De l'or, sait abaisser le taux de l'intérêt.

Le beau progrès des mœurs touche à bien des matières

Et projète sur tout de nouvelles lumières :

   Qui réforme les mœurs

   Refond presque les cœurs.

  Peut-être bien cette pompe foulante

Qui fait mieux que guérir, qui conjure le mal

Par la forte vertu de l'ascendant moral,

  Vaut-elle mieux que ta pompe aspirante.

Je crains que tes docteurs ne perdent leurs décrêts

A vouloir de la tienne arrêter les progrès.

Certes, ils le voudront. Le feront-ils ? J'en doute

Et plus de trouble encor, plus de mal je redoute,

Fermement convaincu que tout autre moyen

N'aura pleine valeur quand se joignant au mien.

Il existe pourtant plus d'un fort mécanisme

Du crédit, mais jamais n'a suffi l'organisme

Seul : quant aux résultats, tant vaut l'application,

   Tant vaut l'institution ;

Du crédit à bas prix monte bien la machine :

Qui la fera marcher ? Des hommes : ma doctrine

Est que leur sens moral a sur les résultats

Un pouvoir qu'aisément on ne remplace pas.

QUESTIONS
D'ÉCONOMIE
POLITIQUE.

Si la richesse seule est leur Dieu, leur idole,
Pour nous peu de service, et pour eux beaucoup d'or:
S'ils aiment mieux l'Eden que le Pactole,
Sans rançon du crédit nous aurons le trésor.

Etablisse-
ments de
crédit.

La grande voix des faits domine ta science ;
Profond est le sillon qu'ouvrit l'expérience.
La hausse de l'escompte est comme ton fanal :
De ce foyer mourant la lumière est absente ;
La raison s'y confond, tout trouble s'en augmente.
Du droit de surhausser l'escompte vois le mal :
    Opposer, placer aux deux pôles
L'intérêt d'une banque et le bien collectif,
    C'est le vice des monopoles,
    C'est au privilège abusif,
    Sans lui retenir un bon gage,
    Donner un trop grand avantage.

    « De l'usure, as-tu dit,
    « Supprimons le délit ».
D'accord ; supprimons bien : supprime aussi la chose.

De l'usure
et de
la hausse
de l'escompte

Voilà mon dire à moi ; c'est là ma vieille glose.
Si vieux qu'il soit, ce dire, il peut être excellent
    Et il l'est s'il descend
    De la bonne science,
    Du vrai maître : l'expérience.
Craindre ce maître là, c'est le commencement
    De la sagesse véritable ;
Obéir, c'est bien mieux : c'est son couronnement.

Pour toi, ce maître aura quelque avertissement
    Non moins équitable,

Mais plus formidable,
A moins de s'arrêter dans la voie où tu cours
Du crédit à haut cours,
De l'usure à grand vol : soit ainsi gagnée
Petite somme chaque année,
En exposant
Dix fois autant,
Alors de dire
Et de redire :
C'est un délit ;
Mais s'il s'agit
Sans exposer aucune somme,
Ni rien autre sinon la pomme
Du voisin, s'il s'agit de beaucoup de millions,
Semés, cueillis pourtant dans les mêmes sillons,
Tu dis : service;
Je dis : sévice.

QUESTIONS D'ÉCONOMIE POLITIQUE.

En banque pleine liberté
Aurait quelque nocuité ;
Bien peu terrible
Et peu nuisible,
Elle a son frein
Que tient en main
La concurrence,
Qui rompt pour le public chaque jour quelque lance :
Le privilège n'en a pas,
Aussi prend-il tous ses ébats,
Vit aux dépens de notre vie,
Prend le bon vin, le nôtre, et nous laisse la lie.
Pourquoi d'un côté

Liberté, Concurrence Privilège, en matière de banque.

Trop de liberté
Et pas assez de l'autre : un peu d'égalité,

Cousultons le maître suprême,
Le fait, l'expérience même.

Que voyons-nous le mieux servir,
Le plus durer et réussir
Dans la banque ?
Ce qui manque
De pouvoir
Et d'avoir,
D'influence,
De science,

Les banques d'ouvriers faibles, presque indigents,
De simples nids d'épargne à de modestes gens,
Sans qu'une seule plainte amère
Attaque leur état prospère ;
Tandisque les plus éminents
Parmi ces établissements,
Soulevant un concert de plaintes,
Eveillent encor plus de craintes,
Malgré leur savoir
Et leur gros avoir,
Leur énorme influence
Et leur omnipotence,
Y compris tout leur crédit
Plus grand encor qu'on ne dit.
Ce talent, ce mérite,
D'où vient-il aux inférieurs ?
Pourquoi ce démérite

A leurs supérieurs ?
Enfin qu'est-ce qui manque
A la plus haute banque ?
L'excellence du fonds moral
Meilleur qu'aucun fonds capital,
Même qu'aucun fonds doctrinal.

QUESTIONS
D'ÈCONOMIE
POLITIQUE.

Que veut la première ?
Par dessus tout assister, secourir.
Que veut la dernière ?
Par dessus tout prospérer, s'enrichir.
Qu'offre la première ?
Entière solidarité.
Qu'offre la dernière ?
Pleine irresponsabilité.
Qu'est-ce qui maintient la première ?
Ce lien fécond : fraternel intérêt.
Qu'est-ce qui maintient la dernière ?
Ce lien fiscal : le taux de l'intérêt.

Même sujet.

Vraiment son ambition n'est pas assez modeste,
Encor que ses calculs soient dignes de Bezout :
De sept otant *zéro*, que lui reste-t-il ? tout.
Puisqu'elle prend le tout, c'est *zéro* qui nous reste.

Toute science et toute institution
Economique ou sociale
Gagne toujours à devenir morale :
Voilà toute ma conclusion.
Ainsi feront libertés politiques
Et vérités économiques
Pour s'établir de bons supports

Suprématie
de l'ordre
moral.

Et s'amender sur tous rapports.
Réformons toute institution
Dis-tu ; je dis : réformons l'homme.
Si progrès on te nomme,
J'en forme la légion.

Tout crédit populaire
Gardant son caractère
A toute époque et bien assis sur deux supports,
Qui sont mutuelle assistance
Avec solidaire assurance,
Verra par le succès couronner ses efforts.

L'association fraternelle
Crée une charité nouvelle,
Fille aussi de l'amour et mère du travail,
Parant l'or le plus pur avec un bel émail :
Egale d'origine et double de mérite.
Elle a plus de talent,
Détruit l'isolement,
A la mendicité coupe la commandite.
Elle n'est pas révolution,
Mais simplement évolution ;

De l'amour la chaîne
Au passé l'enchaîne.
Elle est innovation
Autant que tradition :
Elle a l'égalité pour base,
Pour nous désaltérer le seul assez grand vase ;
Et se lie au présent
Par un autre ciment :

Le travail. Tous rayons se portent droit au centre,
  D'où tout part, où tout rentre.

Ils possèdent chacun pour un égal trajet
Et même point d'attache et même point d'arrêt :
  Pour eux égalité parfaite,
  Sitôt que la sphère est complète.
C'est ainsi que le bien, la loi, le droit commun
Doivent toujours avoir même lot pour chacun.
Sur le large terrain que maintenant tu foules,
En fait, tout est à tous, tout appartient aux foules.
Ce que plus que jamais il faut considérer,
C'est de les satisfaire et non les égarer.
Qui le peut de nos jours ? L'égalité, rien qu'elle
Seule, bon messager de la bonne nouvelle.

L'association, ménageant la fierté,
Comporte autant d'amour et plus de liberté
  Que protection et charité.
Il faut descendre à tous : malheur à qui ne touche,
Sans trop le remuer, le fond d'une nation,
  Seule bonne pierre de touche,
  Seule tanière du lion.

  Quelle est ta plus grande largesse ?
  La création de la richesse,
Celle du capital. Que sont les capitaux ?
L'ensemble de produits nés de tous les travaux.
  Il faut donc avant toute chose
  Que toute banque se propose
  Une nouvelle extension
  De l'actuelle production.

88 CONSCIENCE HUMAINE,

Plus que leurs signes les denrées.
La science banquière à ceci se réduit :
Le crédit pour moyen et pour but le produit.
Tout doit poser, tourner sur un pivot unique:
Tout est dans les produits et dans les producteurs.
Parmi les plus forts directeurs
De finances d'état, de commune, un s'applique
Pour mieux produire à bien et beaucoup dépenser,
L'autre pour cet objet veut économiser
Et le troisième enfin divers droits réviser.

But de l'économie politique.

Par économique finance
Ou par fécondante dépense,
Par diminutions d'impôts
Ou par extension de travaux,
Chacun d'eux veut conduire,
Quoique en divers pays, au même but : produire.
Tout à ce faire plus et mieux doit se réduire.
Qui dit Civilisation
Dit grande et belle production.

Contrastes économiques

De tous papiers tu nous inondes,
Tant les mines en sont fécondes :
Banques en haut, banques en bas,
J'en vois, j'en heurte à chaque pas.
En haut, jaillissent plus de sources
Et s'assemblent plus de ressources :
En bas réservoirs moins puissants,
Besoins plus nombreux et plus grands.
Je ne sais qui le veut, je ne sais qui l'ordonne
Ainsi ; mais la nature autrement coordonne :

C'est pour l'enfant qui naît
Qu'elle amasse le lait.
La nature à l'enfance
Prodigue sa puissance
Pour ce grand résultat
Prochain, immédiat :
          La croissance.
          Ta science,
Bien plus savante en l'imitant,
     Ferait avec sagesse
Une grande œuvre promettant
     Abondance et largesse,
D'appliquer surtout le crédit
A la création du produit.
De la richesse est là toute l'enfance :
C'est là qu'il faut prodiguer la puissance ;
C'est là qu'il faut seconder la croissance.
Pour former tes géants, agrandis tes berceaux.
A moins de t'imposer pour eux ce soin auguste,
Plus grands tu les feras, plus grands seront leurs maux
Et tes berceaux seront d'autres lits de Procuste.

          Sous tous rapports mon fonds moral
          Vaut mieux que ton fonds doctrinal.
Quel est dans son entier l'objet économique ?
Un afflux incessant de richesse publique,
De la consommation l'approvisionnement
          Et certain et durable.
Ce programme, en vedette, est vraiment admirable.
Il faudrait l'appliquer au plutôt ; mais comment ?
Mai sur quoi ? Mais par qui ? Mais dans qu'elle mesure ?

QUESTIONS
D'ÉCONOMIE
POLITIQUE.

Enseigne-
ment tiré
de ces
contrastes.

Objet
de l'économie
politique.

Sur la consommation
Et sur la production.
Mon bras peut te servir à pousser la dernière
Et je dois sans le tien contenir la première,

Sous ton inspiration,
Fixant les yeux sur tes étoiles

Et mettant dehors toutes voiles,
Cette consommation
A déjà pris beaucoup d'avance
Et laisse en arrière à distance
Sa sœur la production.
Ramener bientôt la dernière,
Ne pas surmener la première,
Dans tes humbles régions c'est la plus grande affaire :
Il y faut que leurs deux plateaux
Soient, autant que possible, égaux ;
Chez elles l'équilibre est toujours nécessaire.

J'aurais légitimement peur,
Sans avoir l'intention de jouer à l'oracle,
— A moins d'un imprévu miracle, —
Que la consommation s'emportant à vapeur
Sur un chemin qui fait mieux que marcher, qui pousse
Et l'expose à toute secousse,
Pour la production tout-a-coup s'arrêter,
Ce fut dérailler, culbuter.

Tu n'enseignes personne
En offrant comme bonne
Cette grande loi du progrès :
Décroissance des intérêts.

L'absence d'intérêt pour les sommes prêtées,
A dit dès son berceau notre religion :
« C'est mieux que le progrès, c'est la perfection. »
Ces paroles jamais ne seront contestées.
Abaissez l'intérêt, nous dis-tu : c'est très-bon ;
Ajoute un mot de plus, comment l'abaisse-t-on ?
C'est le point délicat, la question véritable
Dont la solution nous serait profitable.

    Je n'ai pas célé mon moyen,
    Et maintenant j'attends le tien.

QUESTIONS
*D'ÉCONOMIE
POLITIQUE.*

De l'absence,
de la
décroissance
du taux
de l'intérêt.

Que ne pourrait en banque un esprit de justice ?
Que n'y pourrait surtout la loi du sacrifice ?
    Ce sont les moyens les plus beaux,
    Toujours jeunes, toujours nouveaux.
      L'esprit de sacrifice,
      En tout à tous propice,
      Rend le meilleur service.
S'il sert au mieux qui le reçoit,
C'est en coûtant à qui le donne.
A tous, moins à nous, il pardonne.
L'amour seulement le conçoit.
La banque ne le comprend guère ;
Elle entend mieux l'esprit de guerre
Qui s'empare de tout client
Et le rançonne à bon escient.

Esprits
de justice,
de sacrifice,
en banque,
en économie
politique.

    Pourtant plus d'un coûteux service
    Rapporterait gros bénéfice.
Une crise factice a l'Europe assombri :
    Que fallait-il pour l'en mettre à l'abri ?

QUESTIONS
D'ÉCONOMIE
POLITIQUE.
De quelques millions un holocauste sage ;
Ce sacrifice était le commun avantage :
Peu de rente vendue, ou l'achat d'un peu d'or
Eut tout guéri et tous prospéreraient encor,

Quelques
millions à
perdre, pour
sauver plu-
sieurs mil-
liards dans
une crise
européenne
Sans subir dans leur vie
Qui, depuis, s'atrophie
Le contre-coup
De ce grand coup.
Dans la haute banque,
Où cette foi manque,
Le sacrifice donc peut être lucratif
Et l'holocauste productif.

Nécessités
inhérentes à
la création
des grandes
œuvres.
Il faut pour toute grande chose,
Sans trop lui marchander la dose
D'un noble sacrifice, en tout combat vainqueur,
Allier le travail du cœur
A celui de la tête, à celui de la main
Qui complètent tout œuvre humain.
Rien n'est beau, rien n'est fort, rien n'a grande valeur
Qu'après avoir passé par ce triple labeur.

Application
de cette loi
à l'œuvre
économique
S'il était concentré sur l'œuvre économique
Des banques, du crédit, l'effet serait magique.
De la crise il nous fermerait,
Ou plutôt il nous comblerait
Le redoutable abîme
Par un nouveau régime
Sacrifiant beaucoup au travail, loi suprême,
Capable de résoudre un alarmant problème :
D'étendre largement toute production

Et tenir ainsi tête à la consommation.
Moins de révolutions, de guerres,
Autant de sources de misères ;
Plus d'échanges, plus de crédit,
Œuvres de la paix qui bénit.
Moins de guerre, de politique,
Moins de savoir qui détruit :
Plus de savoir qui produit,
Plus de progrès économique.
Fabriquer du papier, monnayer des métaux,
A quoi bon, si ce n'est à grandir tous travaux,
Augmenter tous produits, créer plus de richesse
Et pourvoir aux besoins de tous avec largesse ?

QUESTIONS
D'ÉCONOMIE
POLITIQUE.

Si Sully revenait,
Comme on le bénirait !
Ce chêne résistant dans la forêt des hommes,
Dur à tous les abus, prodiguant toutes sommes
Aux travaux fécondants, surtout à ceux des champs
Aussi nobles pour lui que les labeurs des camps,
Pour hâter leurs produits s'étayant de la loi
Et conquérant ainsi tout un peuple à son roi,
Caressant à pleins bras les puissantes mamelles
De ces deux sœurs jumelles
Qui répandent à flots la vie et la santé
Et donnent par surcroit grandeur et liberté.
La popularité d'Henri quatre, sa gloire
Lui doit beaucoup. Dans notre histoire
Un autre prince auraït encor plus de grandeur,
S'il avait le même bonheur,
S'il rencontrait un serviteur

Précédent
historique
de
l'application
des lois qui
précèdent.

Fort de cœur et d'esprit et puissant en paroles
Qui, cherchant les abus, fut droit aux monopoles.

Uu autre grand Sully
Aurait à l'infini
Fécondé ce penny
Que douze ouvriers de Rochdale
Improvisés docteurs-ès-science sociale,
Ainsi nés ou créés d'instinct ou par besoin,
De mettre et bien unir en commun prirent soin,
Ce peu, ce rien, puissante obole,
Arme contre tout monopole,
Saint objet de la parabole
Qui figura par des pains
Les fruits des travaux humains.
D'un grand œuvre cosmopolite
Ce seul germe tout peuple excite.

Sully de cet enfant
Aurait fait un géant,
En le retirant de la rue
Pour l'attacher à la charrue
Et l'eut gardé de toute corruption
En le clouant à la production.
Lui fermant le sillon tracé,
De toute crise il eut fait table rase
Et c'est ainsi qu'il aurait replacé
Sur sa plus large base
La pyramide du pouvoir
En matière économique,
Comme dans la politique,

Là même où l'on pourrait revoir
La pyramide du devoir.

QUESTIONS
D'ÉCONOMIE
POLITIQUE.

Sur un fonds de papier la fortune est instable
    Et la richesse véritable
Tient infiniment moins à toute fiction
    De crédit, de spéculation
Qu'à la fécondation de tous les champs arables,
    A celle de nombreux étables
      Et à l'extension
      De toute production.

Première
conclusion
générale

    La liberté ne fait peur qu'au timide.
    Elle fait peur à tous par l'inconnu,
    Dis-tu ; dis donc plutôt par le connu,
Par son affreux aspect quand elle eût à détruire.
Tous autres sont ses traits, quand il faut reconstruire.
On la juge fort mal par un vieux souvenir
Et d'un premier désordre on veut trop la punir.
Ce désordre fût-il son ouvrage ? N'importe,
On la craint près de soi : « Qu'on la laisse à la porte »

A qui,
comment
la liberté
fait peur.

Il est temps d'écarter craintes et préventions :
Elle a ses prescriptions, et non des proscriptions.
Déjà luit son sourire à travers la grimace
Du masque repoussant qui nous cèle sa face.
Un peu de liberté ferait-il un grand mal,
Lorsque du privilège on se trouve si mal ?

    C'est surtout par des calomnies
    Qu'on la conduit aux gémonies ;
      Car dis enfin comment,

QUESTIONS
D'ÉCONOMIE
POLITIQUE.

Selon ton sentiment,
En banque notamment,
Elle doit énormément nuire,
Si tu ne dis pas : tout détruire.

En faisant ses profits plus grands,
Qui sont de forts mauvais garants,
Tout jeter dans un gouffre,
Sans qu'elle même en souffre,
Toute banque d'état le peut.
C'est la clef de ce qu'elle veut.
Si notre argent, en crise, encor plus lui rapporte,
A la crise elle doit ne point fermer la porte.
— « Du commerce est-ce l'intérêt ? » —
C'est l'intérêt de son commerce ;
C'est de plus un droit qu'elle exerce
Et qui sait ? Un devoir, peut-être elle dirait,
Sans qu'on pût répliquer avec grand avantage,
En donnant privilège et concédant l'usage.

Une
banque d'état

Que dire au gouverneur d'une banque d'état ?
Posant ainsi pour lui le vrai point du débat :
« J'ai mission de grossir et profits et réserve ;
« De trahir ce devoir que le ciel me préserve !
« L'éternel intérêt des banques d'état veut
« Quelles portent l'escompte aussi haut qu'on le peut.
« J'utilise tout avantage
« Acquis, payé selon l'usage :
« N'est-ce donc pas prudent et sage ?
« Plus fort que vous, et par vous mieux armé,
« Je vous bats tous ; dois-je en être blâmé ?
« Si je sème partout et ruine et faillite,

« La raison simple en est que ma banque en profite.

QUESTIONS
D'ÉCONOMIE
POLITIQUE.

   « Plus il en meurt, plus elle hérite.

   « Faute à vous ; il ne fallait pas

   « L'intéresser à leur trépas.

   « Je contente chaque actionnaire

   « Dont je suis simple mandataire.

*Une
banque d'état*

« Mon bonneur, mon devoir, mes intérêts sont là. »

N'est-ce pas juste et clair ? Que répondre à cela ?

Abolir au plutôt un gênant privilège,
De l'intérêt de tous violateur sacrilège,
Quoique légalement formé par convention
Et donnant certain droit à réparation.

     Non, rien ne se fonde
     Contre tout le monde
     Et n'a de bon support
     Sur la loi du plus fort.

     Comme un serpent vorace
     Le privilège enlace

Le privilège

Par degrès ou subitement ;
  A force d'envahissement
  Il étouffe ce qu'il embrasse.
     Si mal il tient
     Et se maintient,
Chacun le souffre, et si peu le soutient

Le monopole

Que tôt ou tard le lien trop tendu casse.
     Alors, néant
     Pour ce géant.
Tel est le sort de ces fausses idoles
Qu'on doit maudire et qui sont monopoles.

La liberté du commerce
Qui partout ailleurs s'exerce,
Ne pourra-t-elle entrer dans ce réduit étroit
Dont la possession lui manque,
D'où sur tout domine la banque ?

Puisse-t-elle monter enfin cet échelon,
Le seul d'où la France est vulnérable au talon !
Ne vous y trompez pas ; c'est là qu'est le termite,
Le labeur infécond et l'argent parasite.
Tout le pays en souffre, et de ce peu dépend
Le dernier mot d'un règne où presque tout fut grand.

De soi, le monopole est à tel point terrible
Qu'il ne peut assouvir sa faim inextinguible,
Va de ses propres dents jusqu'à se déchirer,
Jusqu'à s'endolorir, jusqu'à se dévorer.

C'est seulement ainsi qu'au plus fort d'une crise
S'explique la méprise
D'une banque d'état
Qui, pouvant par un prêt aider un potentat,
Ou son pays, la France,
En pays étranger fît tomber la balance.
D'une banque d'état qui doit nous protéger
Le crédit est à nous plutôt qu'à l'étranger.

En quoi pêche et manque
Cette même banque ?
En tout, en stabilités,
Comme en libéralités.
C'est à nous qu'elle doit sa base ;
C'est à tort qu'elle s'extravase.

Il n'est rien de moins régulier,
Ni rien de moins hospitalier.
Toute sérieuse reprise
Des affaires, des transactions
Produit forcémen tune crise
Dans ses métalliques régions,
Qui tout d'abord sur elle tombe
Mais à la fin sur nous retombe.

Ce ne saurait être autrement,
Puisqu'elle opère sans argent :
Sans capital à soi, tout flotte, comme sables,
Avec mille dépôts constamment variables.
D'aucuns sont étonnés par tant d'oscillation ;
Je le serais bien plus par la moindre station :
Alors que chaque jour le moteur se transforme,
Comment le mouvement serait-il uniforme ?
L'ancienne fixité quitta l'institution,
Quand de ses fonds survint l'immobilisation.
Sans base propre, à soi, sans avoir véritable,
Une banque d'état sera toujours instable.
On peut du bon public avoir pour rien l'argent ;
Mais alors, quand il veut, le public le reprend.

Voilà pourquoi la capitale
Souffre de toute succursale,
Pourquoi d'un établissement
Le pays souffre énormément ;
Et par d'immenses sacrifices
N'a pu combler des précipices
Profonds, toujours béants
Et pour tous effrayants.

QUESTIONS
D'ÉCONOMIE
POLITIQUE.

Etat
instable
d'une banque
d'état.

Cause
principale
de cette
instabilité.

Explication
de l'ancienne
fixité de la
même ban-
que,

Résultats de
l'instabilté
actuelle.

Outre que cette banque
De toute base manque,
Elle n'est pas fidèle à son attribution
Et méconnait l'esprit de son institution.
Je ne me trompe pas, quand simplement je compte
Que, à faire moins d'avance, elle eût fait plus d'es-
[compte.
Uu escompte nombreux et son fonctionnement
Assurant le prochain approvisionnement :

Voilà ce qu'entendit la banque à l'origine,
S'inspirant mieux alors qu'aujourd'hui, j'imagine,
De ce dire excellent du comte Mollien,
Qui fut son fondateur et qui la fonda bien :
« Une banque solide, une banque bien faite,
« A finir dès demain doit être toujours prête. »

Qui voudrait soutenir que la banque le peut,
Quand l'intérèt public et quand sa loi le veut ?

Par écart, par abus, voilà comment s'aggrave
Une situation anormale et fort grave,
Qui me semble alarmer d'autant plus la raison
Que tout tient dans l'état avec cette maison.

Dix fois plus de besoins, dix fois moins de ressources :
Voilà qui dit assez du mal où sont les sources.
Ce rapport est exact : qu'on l'examine bien ;
Je reprends à regret, et n'exagère rien.
Et c'est hors du pays que cet écart s'applique ;
Il serait au dedans encor plus magnifique,
S'il n'était circonscrit au commerce extérieur,
S'il embrassait aussi le négoce intérieur !

Qui toujours plus embrasse
Et toujours étreint moins
Doit finir, quoiqu'il fasse,
Par manquer aux besoins.

QUESTIONS
D'ÉCONOMIE
POLITIQUE.

Sans se nuire, avec avantage,
Ni même avec impunité,
N'agirait mal la liberté,
Ce qui présente un triple gage,
En matière de banque sage.

Avantages
de la liberté

Avec maints libres concurrents,
Il faut ménager ses clients,
Rendre de bons, de vrais services,
Sans trop gonfler ses bénéfices.
Le droit commun, fut-il entier,
Serait encor bon justicier.
Ce frein de tous, la concurrence,
Mène tous à résipiscence,

Au niveau
Qu'on a beau
Cacher et feindre
De la responsabilité.
Non, l'irresponsabilité
Ne peut atteindre.
Voilà le nerf du progrès ;
Sans lui rien de bon après.
C'est l'anarchie
De l'industrie
Que l'irresponsabilité ;
Pleine responsabilité

Responsabi-
lité — irres-
ponsabilité.

QUESTIONS
D'ÉCONOMIE
POLITIQUE.

Avec beaucoup de liberté,
C'est l'intérêt commun servi sous l'influence
D'un pouvoir redresseur qu'on nomme concurrence
Et qui non seulement n'a rien de malfaisant,

Ressources
de la liberté.

Mais de tous les pouvoirs est le plus bienfaisant.

De ton sein si fécond jaillissent bien des sources,
O Liberté ! Telles sont tes ressources
Que tu te plîrais aisément
Au calme comme au mouvement,
Aux exigeances,
Aux inconstances
De chaque foyer producteur,
De tout marché consommateur.
Tu te montres la plus savante
En banque, et la moins exigeante.
De ta marche voici le cours :
La liberté met au concours
Tous services à rendre,
Et chacun peut en prendre ;
Les adjuger au plus bas,
Au plus haut n'adjuger pas,
Voilà de sûrs effets de toute concurrence ;
De toute pièce armée en lice elle s'avance :
Le mieux et le bas prix
Dans ses rangs sont compris,
Tout progrès elle excite,
Sert beaucoup, bien et vite.

L'on ne saurait la dire, en banque, nouveauté :
C'est une tradition, presque une vétusté.
Plusieurs siècles avant que la France n'essaie

D'après le conseil impuissant
D'un monopole envahissant,
Avec du papier vil de faire une monnaie,
La pure liberté dans l'Ecosse avait dit
Avec du bon papier de servir le crédit.
    Comme tout bien, plus elle est pure,
    Plus en même temps elle est sûre.
Elle vit près du cœur, où son règne est bien bas,
Et jamais loin de lui ne prend tous ses ébats.
Cette fille du ciel enfreint la loi du monde
Connu : plus elle est vierge, et plus elle est féconde.
Elle met à l'abri de ces papiers d'états
Qui sont un grand péril pour tous les potentats.

L'on regrette parfois qu'au-delà de la Manche
Plus qu'en deçà le flot des libertés s'épanche.
L'on a vu depuis peu dans ces nobles régions
Les banques de dépôts éclipser tous rayons
Des services rendus par la banque centrale,
Etendre le crédit et dans la capitale
    Et dans tous les comtés,
    Où plus de libertés
    Et plus de concurrence
Auraient encore accru leur puissante influence.

    C'est du grand, c'est du fort côté,
    Du côté de la liberté,
    Que feront pencher la balance
    Ceux qui croiront ce que j'avance.
    A la grandeur de ses aspects
    Accorde de justes respects.
Le monopole, en banque, est seul insuffisance.

QUESTIONS
D'ÉCONOMIE
POLITIQUE.
Longue
tradition de
la liberté
des banques

Banques
de dépôts

La liberté pour tous y créerait l'abondance
  Pour et par le travail, et non
  Pour et par la spéculation,
Qui sur un lit mouvant tout de papier nous berce
Ou de l'or contre nous fait le riche commerce.
Elle relèverait la situation,
En nous ramenant tous à la production.

  La liberté tient mal toute arme
— J'entends parler ici des armes de partis

Nés au sein du passé, qui n'en sont pas sortis. —
  La concurrence la désarme.
Le privilège sert aux partis pour lutter ;
Avec un monopole on peut tout culbuter.
J'ai dit avec lequel : c'est celui de la banque ;
A tout, à tous, quand lui seul veut, la base manque.

Dans tout le monopole il n'est rien que la force,
Laquelle avec le droit est en complet divorce,
. Le privilège, en fait toujours favorisé,
Par cela seul, en droit, n'est pas autorisé.
   C'est l'antipode
   De tout vrai code,
   De toute loi,
   De toute foi.
Il n'a rien de l'abeille utile
Que plaignit et chanta Virgile ;
  C'est l'avide fourmi,
  C'est un grand ennemi.
Cette poule aux œufs d'or, à nos dépens féconde
Seulement pour les siens, est stérile pour nous.
  Que nous importe qu'elle ponde

De gros œufs qu'elle garde-tous ?
C'est doublement qu'un monopole pêche :
Par ce qu'il fait et par ce qu'il empê he
Dans l'immense réseau de la circulation
Que ne peut, quoiqu'il fasse, embrasser son action.

Dans la banque ne vois qu'un fort discret exemple **Même sujet.**
Figurant. à lui seul, tous les marchands du temple,

Toute société fait moins, en général,
   Pour garantir l'entier ordre moral,
      C'est dire en toute chose
      Pour établir la cause,
   Que pour asseoir l'ordre matériel.
Ce que je vais t'en dire est comme officiel ;
Puis, se contredisant presque, elle est mécontente
De voir le résultat mal répondre à l'attente.
L'ordre matériel n'est lui-même qu'un fait.
Ce fait que pouvait-il, en matière d'effet
      Considéré comme une cause ?
      Absolument aucune chose.

      L'universel enseignement
      De progrès est un élément.
        L'instruction populaire
        Est un bien nécessaire ;
        C'est comme un fonds commun :
        Donc sa part à chacun.
    A tout service nécessaire
    Indispensable, humanitaire,
Qui ne se vend ni ne s'achète guère,
     L'état apporte son concours,
     Sur tout le monde ayant recours.

Voilà, je le soupçonne,
Une loi vraiment bonne.
     Tout bien commun
     Sert à chacun ;
     C'est là l'usage :
     Il est fort sage.
Voici dès lors logiquement
Un excellent enseignement.

De l'éducation primaire
Le grand service nécessaire
Devrait être tout gratuit :
C'est là que la raison conduit,
     Comme la logique
     Le veut et l'implique ;
Ce service étant capital,
Tout-à-fait gouvernemental.
La liberté, sans monopoles,
Pourrait bien fonder des écoles
Sur base de gratuité,
Ainsi que fit la charité.
Tout peuple fort estime peu l'emphase
Et méconnaît le pouvoir de la phrase ;

Il lui faut des réalités :
D'incontestables vérités,
Des libertés qui ne soient pas fictives,
Des charités qui sachent être actives.

La générosité des institutions
Ne cesse d'attirer les bénédictions
Au pouvoir qui récolte au centuple en puissances
Tous les grains qu'il confie au champ des bienfaisances.

Ce qui grandit les libertés,
Ce sont les libéralités ;
Voilà ce qui le mieux nous touche,
Arme leur charme, leurs attraits
Et fait monter tous les progrès
A la hauteur de notre bouche.
Ainsi dans l'instruction pleine gratuité
Profiterait beaucoup à la communauté.

Tout privilège
Est sacrilège
Qui trafique de l'instruction,
La transforme en spéculation.
Le pouvoir aveuglé se nuit et mal commande
Qui ne la donne point, la vend ou la marchande,
Au lieu de la fournir à titre gratuit,
Auquel soit liberté soit charité conduit.
Qui fait payer le pain de l'âme
De l'amour ne sent pas la flamme.
L'éducation, social élément,
Est avant tout un divin aliment.

Son emblême fut, j'imagine,
Dans la belle chèvre divine
Qui servit à nourrir si bien
Le Jupiter olympien.

L'on ne pourra jamais expliquer que l'Eglise
Si longtemps et sur tous ait gardé sa maîtrise,
Sans la gratuité
De ses innombrables écoles,
Purifiant ses monopoles

QUESTIONS
SOCIALES ET
POLITIQUES.

Même sujet.

QUESTIONS
SOCIALES ET
POLITIQUES.

Avec la charité.
Elle fit son pouvoir en se faisant utile :
On l'eut porté moins haut s'il eut été futile ;
Mais rien il ne coûtait
Et beaucoup rapportait.

Exemple
concluant
dans
l'histoire
de l'église

De son élévation voilà tout le mystère.
Qui veut bien éclairer, comme elle sut le faire,
Comme elle, de nos jours, doit donner la lumière.
C'est en nous éclairant qu'elle prit sa splendeur.
Sa libéralité fit toute sa grandeur.
A moins de se poser en indigne rivale,
Ici la Liberté marchera son égale
Et ne peut sans déchoir être moins libérale.
Elle doit l'imiter
Plutôt que s'irriter
D'un pouvoir amoindri. Du moment qu'elle aspire
A la plus grosse part de son immense empire,
Il faut qu'elle s'engage en ses larges chemins
Qui l'amenèrent seuls à régir nos destins.
C'est son droit : qu'elle la déplace ;
Mais que au moins elle la remplace
A taux égal, sinon avantageusement.

Il y va de l'empire et du commandement.

Il y va de
l'empire

De l'empire le nouveau maître
A pour premier besoin : connaître.
Faut-il le laisser inscient ;
Quand de son bon escient
L'empire et tout dépend ?
Si ce maître jamais n'est loin de la misère,
Fais-lui cadeau de la lumière

Et souhaite qu'elle l'éclaire !
Empire et libertés ensemble grandiraient,
Abus et monopole ensemble s'en iraient.
Afin que ni pouvoir ni liberté n'avorte,
Ouvre de l'instruction toute grande la porte.

Est-elle un droit qu'on achète en entrant ?
C'est un devoir qu'on acquitte en sortant.

Diffusion
des droits;
Diffusion
des lumières
sous le régi-
me du prin-
cipe électif.

Chez le privilège est-il sage
De vouloir tirer avantage
Non pas de son propre savoir,
Mais bien du commun insavoir ?
L'universel suffrage
A comme complément
Et comme bon ciment
De l'instruction le gage.
Tout s'affermit en s'instruisant,
S'élève en se moralisant.
Rien de mieux que de voir ensemble
Immense base d'élection,
Large fondement d'instruction.
Cela se veut, cela s'assemble.
A de nouveaux et grands pouvoirs
Ne faut-il pas plus de devoirs ?

Plus l'instruction me plait, moins j'ose
Cette témérité de dire qu'on l'impose.
Plus que témérité, c'est humiliation ;
C'est presque indignité pour une nation.
De l'éducation donne le nécessaire
Et non ce superflu : l'apport de l'arbitraire.
L'ordre qui n'est qu'affirmation

QUESTIONS
SOCIALES ET
POLITIQUES.

Instruction
non
obligatoire.

S'équilibre par négation,
Ou bien exige une sanction
Pour faire pencher la balance.
Ici toute sanction blesse l'indépendance
Et du père et du citoyen,
Comme de l'homme et du chrétien.
Dans l'instruction primaire,
A côté du devoir, est un droit tutélaire.
L'ordre demeure seul, si tombe la sanction :
Ton hommage forcé, je ne veux pas le rendre,
Ou ton droit imposé, je ne veux pas le prendre ;
Ainsi vois que ton ordre est une illusion.
Cet ordre n'est pas force, il atteste impuissance ;
Le premier mouvement n'est pas l'obéissance.
Si rien n'est disposé pour faire quelque échec
A l'insoumis, d'où donc proviendrait le respect ?

Naturellement l'homme à la révolte incline :
Il ne fait pas sa loi de ta simple doctrine.
Il te faudra l'étreindre en sa rébellion,
Poursuivre, s'il échappe à ton injonction.
Considère avant tout dans la nature humaine
Et ce qui lui répugne et ce qui nous enchaîne.
Peut-on sevrer les lois de leurs conditions :
Et de pénalités et de satisfactions ?

L'homme propose
Et Dieu dispose ;
Ce vieux proverbe court la rue et la maison ;
Je croirais volontiers qu'en voici la raison :
Tout ce que l'homme impose
Sur le sable repose.

Rarement à son gré le résultat répond :
L'ordre humain est stérile et l'amour est fécond ;
Cet ordre là détruit pendant que l'amour fonde :
Ravage le torrent, quand le fleuve féconde.

    L'illibéral commandement,
   Que peut faire un gouvernement
      Et d'apprendre et de croire
      A titre obligatoire,
      Présente opposition,
      Sinon contradiction
  Avec ces deux bases meilleures,
  Ces maximes supérieures :
  De l'instruction gratuité,
  De l'instruction nécessité.
     Si l'instruction primaire
     A tous est nécessaire,
  Pourquoi la vendre, la donner
  Au seul citoyen qui la paie,
  En faire question de monnaie ?
  Sinon, de quel droit l'ordonner ?
  Sois logique, tu seras juste,
  Dit naguère une bouche auguste.

  Les meilleures institutions
  Se fondent dans ces prévisions :
    Qu'une nation est égoïste,
    Que toujours la misère existe,
    Et l'ignorance par surcroît :
    D'où l'instruction tire son droit ;
J'en excepte celui de toute dictature,
Mais j'y laisse celui d'une magistrature

QUESTIONS
SOCIALES ET
POLITIQUES.

Qui des petits sachant la faiblsss et l'effort,
Par la gratuité veut alléger leur sort,
Pour ne pas les astreindre en dehors du possible.
L'on n'a jamais le droit d'exiger l'impossible.

L'homme, qui de tout temps soupire et court après
La sûre possession d'un solide progrès,
Sans en trouver jamais la parfaite assurance,
De l'imposer n'a pas le droit et la puissance.

Erreur
possible.

Seule, l'erreur
Toujours possible
Doit constamment lui faire peur,
Puisqu'il est constamment faillible.

Mais la révolte ici peut compliquer l'erreur :
En cas d'insoumission, un dur législateur,
Exigeant, absolu, rien moins que débonnaire,

Insoumis-
sion proba-
ble.

Si violent qu'il soit, que pourra-t-il donc faire ?
N'étant pas sanctionné, son ordre avortera
Et c'est fort piètrement que sa loi finira.

Trésors
de l'instruc-
tion.

Le champ de l'instruction ne fut jamais avare :
Là pousse, là grandit, suivant qu'on le prépare,
Toute la force d'un état
Et d'un gouvernement l'éclat ;
A moins que docteurs ou pontifes
Pour lui tendre les bras, ne lui tendent les griffes
Et qu'une utile protection
Ne dégénère en oppression.

Aime infiniment mieux des libertés les miettes
Qu'aucun lit de Procuste ou que des oubliettes,

Afin que désormais on n'y descende plus :
Qui prit d'abord le moins ensuite prend le plus.
Voilà précisément comment les monopoles
Déchirent par degrés la terre jusqu'aux pôles.

Il faut battre leurs fers, puis nous les briserons ;
  Chacun volontiers s'en allège :
  En combattant tout privilège,
  La liberté nous fonderons.
Mais qu'elle soit encor ce qu'elle fut : jalouse,
Pour demeurer l'amante en devenant l'épouse,
D'autant plus qu'en un camp contre la liberté
Le divorce est de mode et paraît bien porté.
Du plus grand citoyen de la grande Angleterre,
Mort hier en combattant monopoles et guerre,
Entends ces derniers mots : « De rares partisans
Compte la liberté parmi tant de puissants »

  Vous qui rêvez de puissance morale
  Prenant en main la cause libérale,
   Servez-vous d'un bon instrument :
   La ligue de l'enseignement.
Les Pays-bas, la Belgique à nos portes,
En dressent chaque jour les paisibles cohortes.
Qui t'empêche en ce point de te rapprocher d'eux ?
Si voisins par le sol, n'ont-ils pas mêmes cieux ?

De ce qu'on vient de lire ils font la double preuve :
Preuve que la contrainte est inutilité,
En fait d'enseignement, et preuve toute neuve
Que la force efficace est la gratuité.

QUESTIONS SOCIALES ET POLITIQUES.

La ligue de l'enseignement.

8

QUESTIONS
SOCIALES ET
POLITIQUES.

Certes, il n'est par rare
Qu'une nation s'égare.
Le privilège alors y prend droit de cité,
Exploite l'inscience et tord l'humanité.

Ignorance. L'espoir du monopole est l'aveugle ignorance
Qui retient les nations en leur première enfance,
Qui leurs membres divise, au lieu de les unir,
Oppose leurs pouvoirs qu'il faudrait réunir ;
Mais l'ignorance en fuite emporte l'arbitraire.

Le vrai libérateur est donc qui bien éclaire
Et partant bien conduit.
La lumière devance,
Met au cœur l'espérance
Les droits
égalent
les lumières. Et tout un peuple suit.
Les droits d'une nation égalent ses lumières ;
Toute forte instruction abaisse les barrières.

Qu'est-ce donc éclairer un peuple tout entier ?
Qu'est-ce
l'instruction ? C'est aux droits, aux devoirs le bien initier.
Qu'est-ce l'éducation ? N'est-ce la gloire mère,
Qui fait un peuple grand, le sauve et régénère
En des cœurs généreux ? Qu'est-ce l'instruction ?
C'est la première étape, en Civilisation.

Eclaire donc celui que tu veux rendre libre.
Mais comment l'éclaire, sinon par cette fibre
Instruire
pour
délivrer. Qui doit vibrer sans cesse au cœur des grands Etats,
La libéralité pour les classes infimes,
Politique vertu qui rend les potentats
Sûrs de leur lendemain, affermis sur leurs cimes ?

A titre gratuit, instruis pour délivrer,
Et n'on de libertés violentes enivrer.

QUESTIONS
*SOCIALES ET
POLITIQUES.*

Lorsque l'élection devient la grande égide,
Alors que le pouvoir dans le nombre réside,
  Quand le commun destin
   Dépend d'un seul scrutin,
L'état doit obvier à ce que l'inscience
Ne rende contre tous une aveugle sentence.
Le principe électif exigé l'instruction.

Le principe
électif exige
l'instruction

Mais l'esprit libéral exclut l'obligation
Prescrite par les lois, qui n'est plus libérale
Sitôt qu'elle devient et morale et légale.
Contrainte et liberté sont en contradiction :
Tu dois entre elles deux déclarer ton option.

Mais l'esprit
libéral exclut
l'obligation.

Si tu veux repousser l'invasion cléricale,
Hâte-toi d'opérer l'invasion libérale
Dans tout enseignement par la gratuité,
Par la saine morale et par la liberté.
Disputez seulement de l'empire des âmes,
En ne les éclairant que par de pures flammes.
Voilà le vrai royaume et l'empire des forts.
Etaignez-là vos griefs, rachetez-y vos torts.

C'est par là que vécut et que grandit l'église,
En menant les nations à la terre promise.
  Je te promets son immense pouvoir,
  Si tu remplis, comme elle, ton devoir.
De l'éducation peut-on être prodigue?
Contre la corruption est-il plus forte digue?

Terre
promise

Renaissance
chrétienne

A l'art devait venir
Ce premier renouveau : renaissance païenne ;
A l'art doit survenir
Cet autre renouveau : renaissance chrétienne.
Chacune de ces deux douces dominations
A mêmes fondements et mêmes relations :
L'antiquité païenne
N'est pas supérieure à notre antiquité ;
L'homme moderne vaut l'ancienne humanité,
Et la beauté chrétienne
Ne cède point le pas à toute autre beauté.

Donc sous un autre Auguste et un autre Mécène
Reparaîtront un jour et sur plus belle scène
Non le poète esclave ou l'esclave écrivain,
Virgile, Horace, serfs qui se donnent la main,
Mais des esprits classés au plus bas de l'échelle,
Des peuples ravivant la gloire universelle.

Agiter fortement le fond d'une nation,
En s'armant de ce fouet qu'on nomme l'instruction,
C'est faire déposer au plus bas cette lie
Qui tantôt est désordre et tantôt anarchie
Et sous peu remonter à la face de l'eau,
D'orgueil gonflant son sein, élevant son niveau,
Quelque grand monument, comme celui de Dante,
Qu'ont bâti de leurs mains serviteur et servante.

Il faut considérer l'enchaînement du fait,
Voir que de même cause émane même effet :
Que rétablir en France un courant fort, immense,
En tout âme augmentant et recette et dépense,

C'est la rendre aux foyers près desquels elle a lui,
Mûrïr les fruits de l'art au soleil de Duruy
Qui, sondant du pays les profondeurs intimes,
Ne peut qu'en rapporter les dépouilles opimes.

QUESTIONS
SOCIALES
POLITIQUES
ET LITTÈRAIRES.

Que j'aimerais qu'ainsi finissent tous débats :
Pour monter au plus haut, descendons au plus bas !
Quand l'humble serviteur sera l'égal du maître,
Le maître du pouvoir n'ayant que le *paraitre,*
Non la réalité, comptez que les derniers
Au comble de la gloire arriveront premiers.
Quand la démocratie a déployé ses aîles,
Elle a toujours atteint les régions immortelles.
Ne rogne aucune serre à ce moderne aiglon,
Il nous enrichira d'un nouveau Parthénon.

Les derniers .
seront
les premiers.

Que le pouvoir grandisse en grandissant tout être,
Associant sa gloire avec notre bien-être.
Pour monter haut, qu'il monte avec son piédestal,
En nous mieux éclairant, tout phare national.
Qui donc affranchit hier quatre millions d'esclaves,
Aux fils de Spartacus dénouant leurs entraves ?
Naquit-il potentat ? Il naquit ouvrier,
Ce glorieux martyr sachant sacrifier
Sa vie à tout un peuple : il sera le premier
    De tous héros de l'Amérique
    Et de sa grande république.

Lincoln
ouvrier.

A l'immortalité le martyre conduit ;
La gloire fratricide à tous citoyens nuit :
La souffrance, avant tout, sert et grandit le monde.
    Révolution inonde,

QUESTIONS
SOCIALES ET
POLITIQUES.

Ignorance détruit :
L'éducation construit,
La liberté féconde.
L'Europe a combattu le fier quatre-vingt-neuf,
Mais non le généreux et doux cinquante-neuf.

Avenir
de la liberté

Ce qui t'assure la victoire
Dernière, ô forte Liberté,
Et sera ton titre de gloire,
C'est bien la libéralité.

Tu vaincras par ce signe
Qui marque de grandeur
Tout loyal serviteur,
Fidèle à la consigne
Du libéral devoir.

Nouveau
royaume
de la liberté

Grand sera ton pouvoir !
Tes charités nouvelles,
Tes libéralités
Et tes fraternités,
Aussi pures que belles,
Doivent bientôt vers toi conduire les nations
Implorant tes faveurs et tes bénédictions.
Tes rigueurs firent peur, mais ta nouvelle voie
Au fond de tous les cœurs ramènera la joie.

Vous tous qui la servez, portez haut son drapeau ;
Ne le déchirez pas, montrez ce que vous êtes ;
Contre les libertés ne dressez pas d'appeau,
Que si dans l'instruction les dictateurs vous faites,
N'y parlez plus en fiers libérateurs :

Mettez d'accord les lèvres et les cœurs.
La liberté, se faisant dictature,
Succombe au poids d'une trop lourde armure,
S'évanouit sous nos yeux attristés,
  Comme les despotismes
  Qui se font dulcinismes
Périssent par le droit, par les autorités,
Par l'ascendant divin des grandes vérités.

QUESTIONS
LIBÉRALES
ET RELIGIEUSES

Aux
nouveaux
pontifes

  Point de ces unions factices,
  Se nouant par des artifices,
  Pleines hier de concessions,
   Aujourd'hui de discussions
   Et demain de désertions.
   Sans la base du sacrifice,
   Il n'est point de grand édifice ;
   Mais sacrifice d'opinion
   Est germe de révolution.
    Rien de durable
    Sans charité,
    Et rien d'instable
    Dans l'unité ;
Mais toute union qui n'est que feinte
    Finit bientôt ;
Fraternité fausse et mal teinte
    Déteint plutôt ;
Education par la contrainte
    Cesse aussitôt.

Aux
pontifes
modernes

   Soyez sincères
   Libertifères ;
   De grâce, jamais

Aux
nouveaux
croyants.

. . N'imitez d'épais
Ou de faux libérâtres,
A la fois idolâtres
Du pouvoir consenti, du pouvoir imposé.
Tout croyant est plus digne, en étant plus osé.

Ne va pas en tout sens, vers tous partis, tous pôles,
Sans respect de ta foi, de tes propres symboles,
D'abord libérâtrer à travers et à tort
Et puis législater sur le droit du plus fort.
Affirme, maintiens ta doctrine
Et surtout n'y contredis pas,

A tout
croyant.

Car tout pouvoir et tout principe se ruine
Qui d'abord se renie et bronche au premier pas.

Ote le masque :
On s'énerve, on étouffe en sa duplicité ;
Et mets le casque :
L'on reprend cœur et force en sa simplicité.

Aux jeunes
apôtres.

Jeune apôtre, s'il est bien vrai que tu nous aimes,
Ne va pas, trop discret, le céler à nous-mêmes.
Mieux que n'aima César, si tu peux, aime nous ;
Rends nous tout aussi forts, sans nous mettre à

[genoux.

César fut un grand capitaine,
César eut toute gloire humaine :
Ce cœur fort, tout entier à la gloire, aux honneurs,
De l'empire et de Rome absorba les grandeurs.
Il en absorba trop peut-être ;
Être vaut mieux que tant paraître :

Un seul prenant tout le pouvoir,
Que-reste-t-il ? Tout le devoir.

Oui, César te connut et devait te connaître,
Dès lors qu'il entendait te subjuguer en maître,
Empire des Césars, empire corrompu,
Où le prisme des mœurs fut tout-à-fait rompu.
Il vit tôt et vit bien que la cause publique,
        C'est la cause démocratique ;
Il vit tard, mais vit mieux que le seul bien moral
        Est un remède général.

César.

César veut l'appliquer; mais c'est en vain qu'il ose
Réagir sur les mœurs: lui, César ! ne le peut,
Tant le mal est profond, tant l'empire s'émeut.
Rome sent le moisi, mais s'épurer ne veut.
Pour la purifier, il manquait une chose
        Au plus grand des Césars :
        C'est le plus beau des arts,
C'est l'art de réformer ou de former des hommes.
Oui, c'est à faux, César, que divin tu te nommes.
L'aigle mesura bien la hauteur du pouvoir.

Mais si quelque César, un jour, divin veut être,
Il ne lui suffira jamais d'être le maître :
Il lui faudra toujours aimer, servir, connaître.
L'aigle mesura mal la hauteur du devoir.
A part l'art dont je parle, il lui manqua l'exemple :
L'exemple bon à suivre et le bon à donner ;
Marius dit de vaincre, et Sylla de trôner :
Le dire de Sylla parut beaucoup plus ample.

QUESTION
POLITIQUE.
Non, il ne suffit pas de leur montrer le but
Pour ouvrir aux nations la route du salut :
Il leur faut avant tout le plus auguste exemple
De vertu, de mérite, et non d'ambition,
Capable de tenir devant la nation
Du progrès, du salut toujours ouvert le temple.
　　　Pour réformer les mœurs,
　　　Pour amender les cœurs,
　　Il faut payer de sa personne :
Dans l'exemple du chef l'état a sa colonne.
Il ne lui suffit pas de régir, d'ordonner,
César. S'il ne sait pas aussi donner et se donner.

Que sert qu'un homme grand en public se prélasse,
　　　Sous le prétexte vain
　　　D'un grand pouvoir humain,
Si c'est un nain moral monté sur une échasse ?
Qu'y gagne le progrès ? Qu'y gagne le devoir ?
Et qu'y gagne l'exemple, universel pouvoir ?
　　　En subjuguant le monde,
　　　Est-ce qu'on le féconde ?
　　Que vaut la seule ambition
　　Pour la Civilisation ?

　　　Tel est à la science
Du beau, l'adorateur fervent de l'art pour l'art,
　　　Tel fut à la puissance
Cet amant passionné des grands honneurs : César.
　　Qu'a-t-il vu dans le diadème ?
　　Surtout le diadème même,
　　Non son mérite intérieur,
Mais son éclat extérieur.

Voulant par dessus tout rehausser sa figure,
De lauriers et d'honneurs grandir sa dictature,
Est-il monté plus haut que les altiers dédains
De Sylla désarmé, bravant tous les romains,
Déposant le pouvoir dans le sang, la ruine,
Mains vides, se croisant les bras sur la poitrine,
Calme, fort, regardant l'aiglon mystérieux,
Sous l'air efféminé César l'impérieux ?
L'aiglon ne baissa point sa hautaine paupière
   Sous ce regard mordant
   De l'aigle appréhendant
Du César, jeune encor, la force et la lumière,
Mais les faits n'ont pas dit : l'aiglon fut le plus fort,
   Ni : l'aigle eut plus de tort.

QUESTION POLITIQUE.

  Comme en Sylla fut condamnable
Et l'excès de vengeance et l'excès de fierté,
   Aussi César fut-il coupable
Du dernier coup frappé contre la liberté,
Sous ce puissant abri : la popularité.
Respectons le pourtant, car s'il commit ce crime,
Rome était sa complice, et lui fut la victime.
Un grand peuple doit-il son chef sacrifier,
Quand lui-même devrait son méfait expier ?

César.

Mais par de durs destins la nation avertie
Doit être aux libertés pour toujours convertie,
Se disant que Brutus était de trop ici,
Qu'ailleurs tant de martyrs furent de trop aussi.

A qui donc appartient la force primitive
Qui fait de tous états la grandeur relative,

QUESTION
POLITIQUE.

Si ce n'est pas au peuple. à tout peuple chrétien,
Comme elle fut jadis à tout peuple païen ?
Dans les siècles passés l'expression souveraine
De toutes les grandeurs fut la grandeur romaine,
Or qui la fit ? Ce fut surtout le plébéien.
Derrière tous grands noms était ce citoyen
Romain, plus grand qu'eux tous, qui fit la Rome-
                        [empire,
Comme il avait formé la Rome-nation,
Qui donna sa valeur à toute institution,
Lui fut ce qu'aux poumons est l'air que l'on respire.
Le centre d'un état peut être en similor :
Que lui faut-il toujours ? Des extrémités d'or.

César.

Mais, nous dis-tu sans cesse, oh! la chose admirable !
Quel spectacle étonnant ! Quoi de plus favorable!
Un homme dominant toutes les nations,
Un seul moteur donnant toutes impulsions,
Une main réfrénant toutes ambitions !
Est-ce ton dernier mot de social génie,
L'unité de la force ? Est-elle l'harmonie ?
L'unité de l'amour : voilà la perfection ;
De cet unité-là fais enfin élection.

      Toute autre toujours est instable
      Et, mise en regard, misérable.
Navire renversé, vaisseau mystérieux,
L'état a constamment deux ancres dans les cieux :
L'une est la Liberté, l'autre est les autres Dieux.
      J'en sais plus d'une forte preuve.

Mais la première que j'en treuve,
C'est que soudainement tout l'univers s'émeuve
Non seulement de faits dignes d'attention,
Mais du moindre incident, d'une prévision
Sur l'état de santé que possède un seul homme :
Tous tremblent que ce point ne s'efface dans Rome
Qui supporte l'empire, en est comme la somme.
Quand l'aigle a cœur de cygne, il en est autrement :
Le règne de Judith fût calme à tout moment.
Est-ce bien admirable ou bien digne d'envie,
Un monde suspendu par le fil d'une vie ?
D'un grand homme, dis-tu ; j'aimerais mieux d'un
                                        [nain:
Le coup serait moins fort, s'il tombait de sa main.
        D'un pygmée ou d'un nain la chute
        Se passe mieux de parachute.

Moins de force aujourd'hui, plus de force demain.
De la veille l'effort peut nuire au lendemain.
                A chaque jour sa tâche ;
                Rien de mieux, que je sache.
        Tout monde mal est suspendu
        Que lève seul un bras tendu :
                S'il posait sur la terre,
                Il ne tomberait guère,
                Qu'il porte donc sur tous ;
Que, si le plus grand part, il reste encore *nous*.
Le phare lumineux éteignant sa lumière,
Chacun porte sa flamme : en masse l'on s'éclaire.

Hors Jules le divin, subsistaient d'autres Dieux :
Sa mort fit un grand vide ici. non pas aux cieux ;

QUESTION
POLITIQUE.

César.

QUESTION
POLITIQUE.

Et dans Rome César, de grandeurs moins avide,
Par la liberté seule eut comblé ce grand vide.
A combien de nations n'a-t-elle fait défaut
Des esprits les plus grands la profonde science ?
Aussi c'est par le cœur que constamment il faut
Inspirer, éclairer l'humaine intelligence.

Les hommes sont ingrats, ingrates les nations ;
Ingrates sont, dis-tu, toutes populations.
A cette règle il est une exception belle :
Rome immola ses chefs, la France les rappelle.
De cette délicate et grande question
Hier éclatait encor sa noble solution.
Le français s'est montré sûr ami de la gloire ;
Et de qui lui rendra sa chère liberté
Ce vieux franc gardera mieux encor la mémoire.
N'est-ce pas suffisant, dis, pour toute fierté ?

César.

Redirai-je comment l'homme de la puissance
Dans son plan de réforme a trouvé l'impuissance ?
C'est qu'il fut dit divin et qu'il ne le fut pas :
Platon le fut. Il sut beaucoup mieux des états
      Comment se fait la pourriture.
Chez ces malades-là la seule dictature
      Ne saurait amener la cure.
Le remède vainqueur, Platon nous l'a donné ;
Comme législateur, il l'eut coordonné.
De guérir ce remède à la vertu suprême ;
Depuis Moïse et Christ, il est toujours le même,
Consolant et trainant tous les cœurs aprés soi,
Libérateur du monde, et son âme, et sa loi.

Les voilà, ces sauveurs d'ordre extraordinaire :
Ils ont le vrai savoir, la vertu salutaire.

QUESTION
MORALE.

    Hommes providentiels
    Ou bien Dieux essentiels,
Sont-ils des Dieux ? Sont-ils des hommes ?
Qu'importe comment tu les nommes,
    S'ils guérissent tes maux ?
    Sur de vrais riens tu gloses ;
    Tu gaspilles les mots :
    Occupe-toi des choses.

*Microscopi-
que question.*

    Jamais ni l'homme ni les Dieux
    Ne bouleverseront les cieux,
    Afin que par tel ou tel signe
    De préférence on les désigne.
    Sur de vains noms tu te morfonds :
    Prends donc quelque souci du fonds ;

*La grande
question.*

    Abandonnant soudain la forme,
    De l'homme opère la réforme.

Tes plus charmants docteurs et St-Marc Girardin
L'établiraient fort bien en grec comme en latin ;
Par A plus B l'on prouve en ton académie
Que la forte vertu fait des états la vie.
Là Monthyon ouvrit un concours pour le bien.
Qui devait l'imiter ? L'état : qu'a-t-il fait ? Rien.
Aux champs que donne-t-on ? Certes bien peu de
                    [chose.
Des concours régionaux leur accorder on ose :
Par contre, à l'industrie, à l'agio beaucoup,

*Prix
Monthyon.*

QUESTIONS
MORALES,
SOCIALES ET
POLITIQUES.
Instabilité
des pouvoirs.

Tout. Etonnez-vous donc, naïfs, qu'au premier coup
    Tombent des pouvoirs éphémères,
    Pouvoirs fragiles comme verres,
Sans appuyer sur rien voulant supporter tout,
    Et toi, l'édifice du goût
    Et toi, monument politique
D'où tant de fois l'on règne, on fuit, ou l'on abdique !

La Pyramide
du devoir.

    La pyramide du pouvoir
        Rend sa part de services ;
    La pyramide du savoir
        A d'autres bons offices.
    Mais il manque depuis longtemps
    Parmi nos vivants monuments
    Le plus divin des édifices :
    La pyramide du devoir.
    Un jour puisses-tu le revoir,
    Ce temple des grands sacrifices !

Pascal

Le Job français, Pascal, voulut le rétablir
Et sur sa large base il allait l'établir,
    Quand le sort ou l'ardente envie
    D'accomplir cet œuvre divin
        Vint abréger sa vie
        Martyre du destin,
Tronçonner tout-à-coup un chef d'œuvre sublime,
Tuer un grand esprit né pour être victime
Et briser un grand cœur d'ordre spirituel
Qui fut antipathique à l'ordre temporel.

    Le deuil plane ou tombe
    En tout temps sur lui ;

Quand sa dernière joie a lui,
C'était pour mieux creuser sa tombe.
Chétif, souffrant, et pauvre, et nu,
Rongé par un mal peu connu,
    Exilé de ce monde
    Par une foi profonde,
Il tombe, en s'enivrant d'un breuvage fatal,
De ce vin enflammé qu'on nomme l'idéal.

QUESTIONS MORALES, SOCIALES ET POLITIQUES.

Ce que dans cette chute avant tout je regrette,
Ce n'est pas la grandeur, l'éclat de cette tête,
Par de soudains progrès marquant ce qu'elle apprit,
Splendide d'éloquence en tout ce qu'elle écrit.
Le plus beau dans Pascal, de tout Pascal le faîte,
C'est l'âme, c'est la main qui créa la brouette,
C'est le cœur assez grand pour prendre de tels soins
Et dont l'honnêteté se plie à nos besoins.

L'homme tombe, dis-tu, mais l'institution reste ;
C'est là précisément ce que je te conteste :
L'humanité survit aux instituts péris.
De Montesquieu, le sage, écoute bien ces cris,
Dont l'énergie extrême et l'expression créée
Rendent tout ce que sent cette âme modérée :
  « Plus d'états périront ou seront aux abois,
  « En violant les mœurs qu'en violant les lois.
  « Plus d'un mauvais exemple est pire encor qu'un
                [crime. »
C'est ainsi qu'à propos d'ordre moral s'exprime
Ce politique, ferme et lumineux esprit,
Qui sut penser si juste et a si bien écrit,
Si grand par la sagesse et si beau par le style,

Un mot
de
Montesquieu

9

QUESTION   Qui sacrifie autant aux grâces qu'à l'utile,
MORALE.   Qui vit dans la justice un grand être moral,
        Admira dans la loi son être général,
        Dans la modération son côté politique,
Un mot   Si propice aux progrès de la chose publique.
sur   Elle inspira, dit-il, tout son *Esprit des lois ;*
MontesquieuElle en fit l'héritier du plus grand de nos rois
        Et transmit l'héritage au nouveau Charlemagne.
        C'est le bien politique, à ses yeux : tout y gagne ;
        Mais tout gagne encor plus à ce progrès des mœurs
        Qui plonge sa racine au plus profond des cœurs,

        L'institut ne suffit qu'aux seuls temps où sa flamme,
        Ou bien forme le corps, ou bien réforme l'âme,
        Il est insuffisant du jour qu'elle s'éteint,
        Si loin qu'il eût porté, si haut qu'il eût atteint.
        Le moteur doit passer avant le mécanisme
        Et il faut que la vie anime l'organisme.
        Quand la flamme n'est plus, à quoi bon le flambeau ?
        Si le Dieu ressuscite, à quoi sert le tombeau ?
        L'esprit disparaissant, disparait la lumière :
        Tout le reste est cadavre et redevient poussière,

AMOUR,

QUESTION
UNIVERSELLE.

D'ardeur extrême
Que chacun t'aime
Et s'inspire à ta cour
Du sain esprit de famille
Où le cœur bat et babille,
Du respect du tout vrai pouvoir,
Du saint amour de tout devoir,
Du bon esprit des modestes services
Ennoblissant les plus humbles offices,
De l'esprit d'holocauste, impétueux martyr,
Impatient de vivre, aspirant à mourir,
Né pour luire et souffrir, pour sauver et partir.

Idéal.

L'amitié qui se plait aux délicats échanges,
La sainte affection, riche trésor des anges,
L'amour de la patrie et de la liberté,
L'holocauste d'orgueil qu'on nomme modestie,
La douce bienveillance, holocauste d'envie,
Ce tout fort sentiment, la solidarité,
L'amour médiateur de la miséricorde,
Ce sentiment divin, la libéralité,
L'amour noble et fécond de la fraternité,
L'esprit vivifiant d'entente et de concorde
Répandent leurs parfums enivrants dans des vases
Qu'on dirait encenser ce roi des monuments :
La religion fournit ses bases
Et la morale ses ciments.
De la Liberté l'arche sainte
Est en dépôt dans son enceinte

QUESTION
UNIVERSELLE.

A l'ombre des puissants remparts
Qui l'entourent de toutes parts.

Qu'est sa double assise ? Service
Dessous : au dessus sacrifice.
Qu'est son sommet baigné dans un splendide jour ?
AMOUR

L'amour possède l'être :
Tu n'as que le *paraître*.
Amour est maître, Amour est serviteur.
Plus il descend, plus il gagne en hauteur.
Plus d'esclave avec lui, car il n'est plus de maître,

Idéal.

Le maître étant doublé, primé du serviteur,
La loi de tous les grands étant le sacrifice,
Celle des plus petits n'étant que le service.

Conforme à son image et à celle des Dieux,
L'homme est maître sur terre et maître dans les
[cieux ,
Maître à condition de service,
Sous condition de sacrifice.

Le bonheur est en nous ;
Tu le cherches pour tous
Au dehors et loin d'eux sur les pas du bien-être :
Je le trouve chez moi dans le fonds de mon être.
Même sous mon bandeau
J'aperçois mon berceau.

L'histoire fait connaître
Qu'entre apôtres et maître,
Au berceau de la religion,

De notre civilisation,
      Parût un livre
      Qui tous délivre.

Vint-il enflammer des guerriers,
Etablir de durs justiciers ?
Il vint fonder toute concorde,
Répudier toute discorde :
L'Amour lui-même l'a produit.
   A-t-il parole amère,
   Rude, acre, âpre, sévère ?
La Douceur même l'a traduit.

Idéal.

      Christianisme
      Est dulcinisme.
   Le dulciniste, bon chrétien,
S'enrichit en amour et s'appauvrit en bien :
Pour la foi, de nos jours, serait-il salutaire
      D'aimer mieux la marche contraire ?

      L'objet de la religion
      Est la Civilisation.
   Il ne faut pas les séparer, car l'une
   Autant que l'autre est toujours opportune.
C'est un double soutien à toutes majestés,
Deux appuis rassurants pour toutes libertés.

La religion ne voit que sous un angle immense :
      L'homme y devient l'humanité.
Toute religion, par nature, éternise
Le centre autour duquel le monde cristallise ;
      Le temps renait éternité

QUESTION
UNIVERSELLE.

Chez elle, et tout s'y pèse à pareille balance.
Dans son immensité, la religion n'a pas
Tes yeux rapetissés et ton petit compas :

Objet

et vues

de la religion

Son compas éternel, outil d'autre nature,
De l'aigle surhumain mesure l'envergure ;
C'est le secret de ses plus grands côtés,
La permanence et les stabilités,

Pour elle, embrassant tout dans un coup d'œil
[sublime
Qui de la création va jusques à l'abîme,
Salut d'un seul, salut de tous, c'est même action
Qui se traduit ainsi : Civilisation.
L'une est point de départ, l'autre point d'arrivée :
Le reste est l'entre-deux où sont dans la mêlée
La croyance et les mœurs, la raison et la foi,
L'ordre, l'autorité, la liberté, la loi,
Elémens sociaux qui font ce que nous sommes
Et le plus beau des arts, l'art de former des hommes.

Consé-

quences.

Ne sépare donc pas ce qui forme faisceau ;
Abstiens toi d'enlever la flamme à son flambeau,
De détourner du but ce qui suit même route,
Sacerdoce et pouvoir ; clefs de la même voûte.
La source, en tout, est religion,
Alliance divine et d'art et de nature ;
Mais la véritable embouchure
N'est jamais rien de moins que civilisation.

Conditions

nécessaires.

Que sans grand bruit coule la source,
Utilisant en paix sa meilleure ressource :
Pour que le pouvoir religieux

Soit le régulateur suprême
De la terre et même des cieux,
Il lui faudra toujours *et qu'il aime et qu'on l'aime.*

Mieux serre son bandeau,
Et plus l'Amour est beau.
C'est en dedans qu'éclaire
Son intime lumière.
Que s'il ferme les yeux,
C'est seulement pour mieux
Ouvrir à l'indigence,
A l'aveugle ignorance
Et à l'humble souffrance
Son esprit, son cœur et sa main :
C'est afin d'être plus humain.
Il n'en a que meilleure mine.

**L'Amour
et
son bandeau**

L'Amour assure et détermine
Le devoir des sujets et le pouvoir des rois.
Impuissantes sont tant de lois,
Si puissante est la foi, que vraiment tout monarque
Dans la religion doit toujours voir la barque
Qui porte et qui conduit l'empire du César,
Fût-il chef tout puissant, un autocrate, un czar,
Et la fortune de l'empire,
Si grand qu'il soit, d'ailleurs, et pour tant qu'on
                                        [l'admire.

**Rapports
du moral
et du
politique.**

Tel est ou bien tel fut son échelon moral,
Tel est ou tel sera son degré politique,
Et son progrès économique,
Et son avenir social.

QUESTION
UNIVERSELLE

Des nations la plus aimante
Est aussi la plus résistante,
Et, dis-tu, la plus endurante ;
Mais ce n'est là qu'un petit mal.
Quand elle est forte et patiente :
Rome le fut contre Annibal.

Comme l'amour, le cœur persuade et dirige :
L'esprit, comme la force, impose, intime, exige.
Aussi tout pouvoir divisé,
Comme il l'est par l'esprit, perd-il beaucoup de force,
S'il n'est même paralysé ;
Alors que par l'amour il gagne et se renforce.

La vérité sur le meilleur gouvernement. De l'art de gouverner l'extrême perfection,
De tous cœurs s'entr'aimant c'est l'extrême fusion.
Celui qui de fort loin gouverne
N'est jamais rien moins que paterne.
Le Pouvoir, qui rendra ses pouvoirs superflus,
Sera parfait : il n'est rien de mieux, rien de plus
Grand, en aucun pays d'Europe ou bien du monde,
Rien qui puisse égaler sa science profonde.

Gouverne moins, tu gouverneras mieux ;
Gouverne haut, gouverne par les cieux,
Où monte et d'où descend toute la loi morale
Transfigurant en bien toute action sociale.
Non, l'art de gouverner n'est pas transaction ;
Le secret du pouvoir n'est point séparation :
Bien gouverner, c'est *unir et conduire.*

— On unit par l'amour, l'on mène par l'espoir
Et l'on affermit tout par le plus vrai devoir. —

Toi, tu ne sais, et tu ne fais qu'instruire,
Au lieu de le guider, tu suis l'homme au tombeau.
Je le mène plus loin et l'élève plus haut :
Son destin s'y révèle, et le monde s'explique.

QUESTION
UNIVERSELLE.

Tu dissèques l'Amour et m'offres sa clinique.
A quoi bon ce cadavre ? Il y manque l'esprit,
L'esprit vivifiant, sans qui tout s'amoindrit.
Beaucoup de bien moral, un peu du politique,
Mais point du tout, ma sœur, de bien pathologique.

Clinique de
l'Amour
avec
sa dissection:

Contre tout mal il est un remède vainqueur,
Don d'un art qui n'est pas la dissection du cœur.
Quand même ton scalpel grandirait ta science,
Tu n'en ferais pas moins œuvre de décadence.
Oui, disséquer le cœur, c'est le stériliser ;
C'est vouloir l'endurcir, et non l'humaniser.

La clinique
est assez ;
c'est trop !
l'opération.

> Mieux vaut le laisser vivre
> Ou le faire revivre,
> Mieux vaut le cultiver
> Et d'amour l'abreuver.

Que serais-tu, Patrie, ô toi, si tendre mère,
De tant de citoyens puissante nourricière,
Si n'étaient les amours sans cesse renaissants,
Sans cesse ravivant le cœur de tes enfants ?

> Plus d'amour, plus d'ivresse,
> Surtout plus de tendresse.
> Comment l'homme est-il immortel ?
> C'est l'Amour qui la créé tel.
> Sans lui, que devient sa vieillesse ?
> Sans lui, que serait sa jeunesse,

Remède
contre
la décadence,
la vieillesse,
la mort.

QUESTION
UNIVERSELLE.

        Son pays, son foyer, son cœur ?
        Mais, lui vivant, *qu'est-ce qui meurt* ?

    Le plus ferme soutien de la puissance humaine,
    Des trônes vacillants, de la vie incertaine,
       Fort et rempart des nations,
       Lien et ciment des religions,

L'appui.

        Doux frein de la jeunesse,
        Bâton de la vieillesse,
            L'appui,
            C'est lui.

        Au cœur il faut l'âme,
        Comme au feu la flamme ;
      C'est là son sublime besoin.

Immortalité.

      L'Amour en prit seul tout le soin.
    Aimer, c'est résister au trépas, contredire

Divers
phénomènes
moraux
et religieux

A la mort, dominer ou borner son empire :
Je ne me trompe pas : l'amour, la charité
Affirment mieux que tout toute immortalité.
C'est en ouvrant la main, le cœur que l'âme forte
Du temps, qui la retient captive, ouvre la porte.

       Apprends qu'un cœur aimant
       Se refuse au néant,
       Et survit par sa flamme.
       L'Amour nous donna l'âme.

Eternité.

    Il a fait l'homme immortel
    Et s'est fait seul éternel.

    Si l'amour c'est les autres,
    Pour nous et pour les nôtres
Il n'a pas plus de fin que le souverain bien :
Eternel est le but, éternel le moyen.

Si le cœur a besoin de l'âme,
L'âme a besoin de l'infini.
Quand le trépas l'atteint, l'homme n'a pas fini :
L'Amour, qui fit son âme, à la mort la réclame ;
La mort lâche sa proie, et du plus noir tombeau
S'élève vers les cieux un splendide flambeau.

QUESTION UNIVERSELLE.

Rien ne s'assemble,
Ne tient ensemble
Mieux qu'aurore et que jour,
Mieux que l'âme et l'amour.
Leurs formes furent variables ;
Mais l'amour, fonds divin
Et l'âme, fonds humain
Sont et demeurent immuables.

Divers phénomènes moraux et religieux.

Pour éclairer le monde, il n'est qu'un seul foyer ;
Pour réchauffer son âme, il n'est qu'un seul brasier.

Unité divine.

Dès Adam ton école enseigne
D'attendre des esprits le règne ;
On l'attend en vain chaque jour,
Et de tout temps règne l'Amour.

Règne unique, éternel de l'Amour.

La loi des religions pour les peuples fut bonne,
Comme l'est de nos jours la loi des libertés.
Nos respects leur sont dus : la religion raisonne
Très-juste ; elle regarde en tout certains côtés,
Qui sont la permanence et les stabilités.
Ces grands côtés la font d'abord conservatrice ;
Mais bientôt son vrai fonds la rend libératrice :
Elle ente les progrès sur la stabilité,
Conçoit toute franchise au sein de l'unité.

Stabilité, progrès, liberté dans la religion

Toutefois ne crois pas l'appliquer à la lettre :
Si tous parfaits comme elle et saints prétendent être,
Elle prend les défauts de ses perfections,
Elle porte trop haut nos aspirations :
Elle surfait la croix et l'homme elle surmène ;
Elle l'agite trop, le tourmente et le gêne.
L'homme n'a pas le droit de la perfection :
Le conseil vaut donc mieux que la condamnation.
Tout divin idéal appelle l'indulgence.
Peu savante et peu sage y serait l'exigence.

Il est dans la rigueur un défaut capital :
Trop souvent dans ses mains tourne le bien au mal,

Elle arrête tantôt l'essor et la vaillance.
Et tantôt décourage et fait la défaillance.

Au vif amour l'action ;
A la douceur l'onction,

L'un a le bras fort, efficace :
L'autre a le doux nid de la grâce.
Le puissant correctif de la bonté du cœur,
Pour conjurer tous maux, écarte la rigueur.

La justice conduit à la miséricorde,
Qui seule convient et s'accorde

Avec notre faible pouvoir
Et la hauteur de tout devoir.

Je vois, je crois les faits par-delà ta réclame ;
L'expérience dit et l'histoire proclame

Que jamais l'esprit seul n'a pu suffire à rien,
Le cœur à tout toujours. *L'Amour est le vrai bien.*

Ainsi devant l'Amour se chamaillaient deux pommes
Capables de sauver ou de perdre les hommes,

L'AMOUR

Cher à l'homme et aux Dieux,
Partout à mon passage
Sur la terre et aux cieux,
Chacun me rend hommage,
A moi, qui fais l'espoir de tout mortel,
Qui suis des rois, des temps maître éternel
Et créateur du monde
Que j'inspire et féconde,
Peuplant l'immensité
De ma divinité.
Sur tout empire
Que l'on admire
Le mien prévaut :
C'est le plus haut.

Place à l'Amour, seul maître : arrière la science
Indigne nulle part d'avoir la préséance.
Ne sachez rien qu'aimer : l'on ne vit qu'à ma cour.
Peuples et princes
De mes provinces
Venez-y tous, vos cœurs s'abreuveront d'amour.
C'est le tout de la vie,

Vie.

L'âme et le bon génie
Du monde. Autre est l'envie
Et l'orgueil du savoir
Qui faussent le devoir
Et minent le pouvoir.

N'estimant qu'à son prix la fausse politique,
Ses calculs oppresseurs, sa parole punique,
De mon plus grand prophète embrassez l'opinion :
L'union fait la force et l'amour l'union.

Tout égoïsme est un blasphême.
Pour le roi de la création
Dont seul je comble l'ambition,
Il est un divin diadême,
Le seul qui resplendit toujours :
Le diadême des amours.

ÉPILOGUE

L'allégorie habite un palais diaphane.
  Les belles pommes du voisin
  Seront le bouquet d'un festin,
Où le nectar des Dieux sort d'un vase profane.

De tout ébranlement fait dans l'ordre moral
Suit un ébranlement dans l'ordre général :
Chaque siècle à son tour entend toute tempête,
Avant que d'éclater, mugissant sur sa tête.

Rompez, rompez tout pacte avec l'impiété,
Renouez l'alliance avec la liberté :
C'est seulement ainsi qu'à l'heureuse abondance,
Comme à l'ordre, s'unit la noble indépendance,
  Ce fruit des plus hauts cieux,
  Ce legs des hommes-Dieux,
  Ce lot de nos aïeux.

  Cueillez le fruit d'un si bel arbre,
Gravez en or ce grand legs sur le marbre,
Peuples-Soleils, nations d'humanité
  A qui revient la liberté.
  Avec part égale de gloire,
  Part égale de liberté,
Un siècle ou règne peut entrer avec fierté
Et prendre un noble rang dans le champ de l'histoire.
  Dans le siècle où nous nous mouvons,
  Sous le grand règne où nous vivons,
  C'est la gloire qui fut première ;
  La liberté sera dernière.

L'Encyclique de l'Amour se vend chez les principaux libraires de la France et de l'Etranger et chez Mademoiselle Lucie BÉLUGOU, rue de la Rôtisserie, 21, à Béziers, (Hérault).

On trouve également chez elle un opuscule en prose avec ce titre :

GRANDS INTÉRÊTS DU MIDI

Vins et 3⧸6

Avec ces sous-titres.

Organisation démocratique de l'Industrie Agricole

Organisation démocratique du Crédit

et ces Épigraphes :

Il faut que le courant économique absorbe le courant révolutionnaire.

Emile de GIRARDIN.

Les réformes empêchent les révolutions.

Robert PEEL.

Prix un franc.

Béziers, Imp. C. BERTRAND.

Certifié véritable

Dépôt

tirage 4,000 Exemplaires

C. Bertrand, Imp.